designs

4

五十嵐大介

story and artwork by DAISUKE IGARASHI

contents

16. 歡迎回來

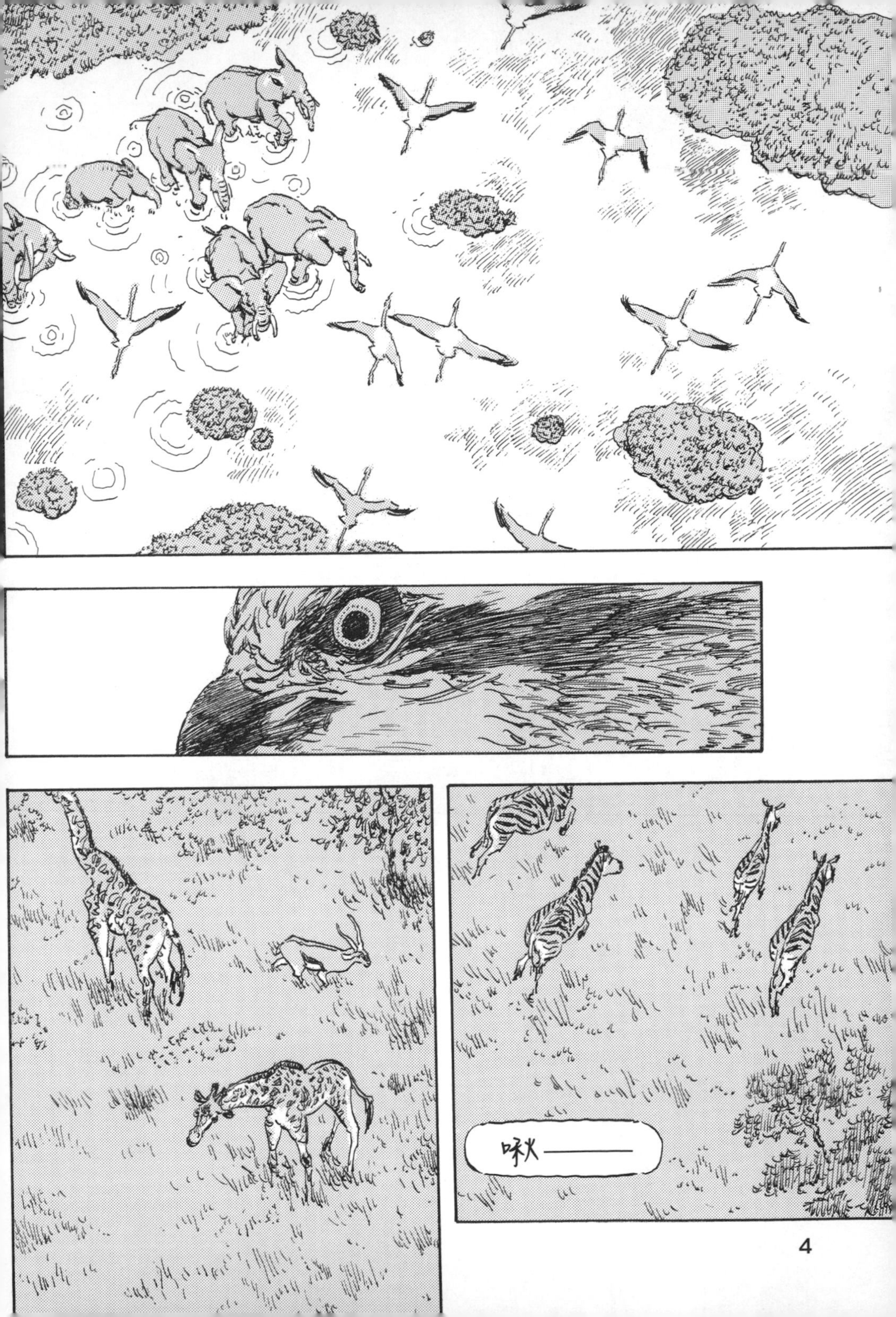
啾——

啾——
啾——
啾——
噗嗚嗚嗚嗚
咻嗚嗚
哼嗚

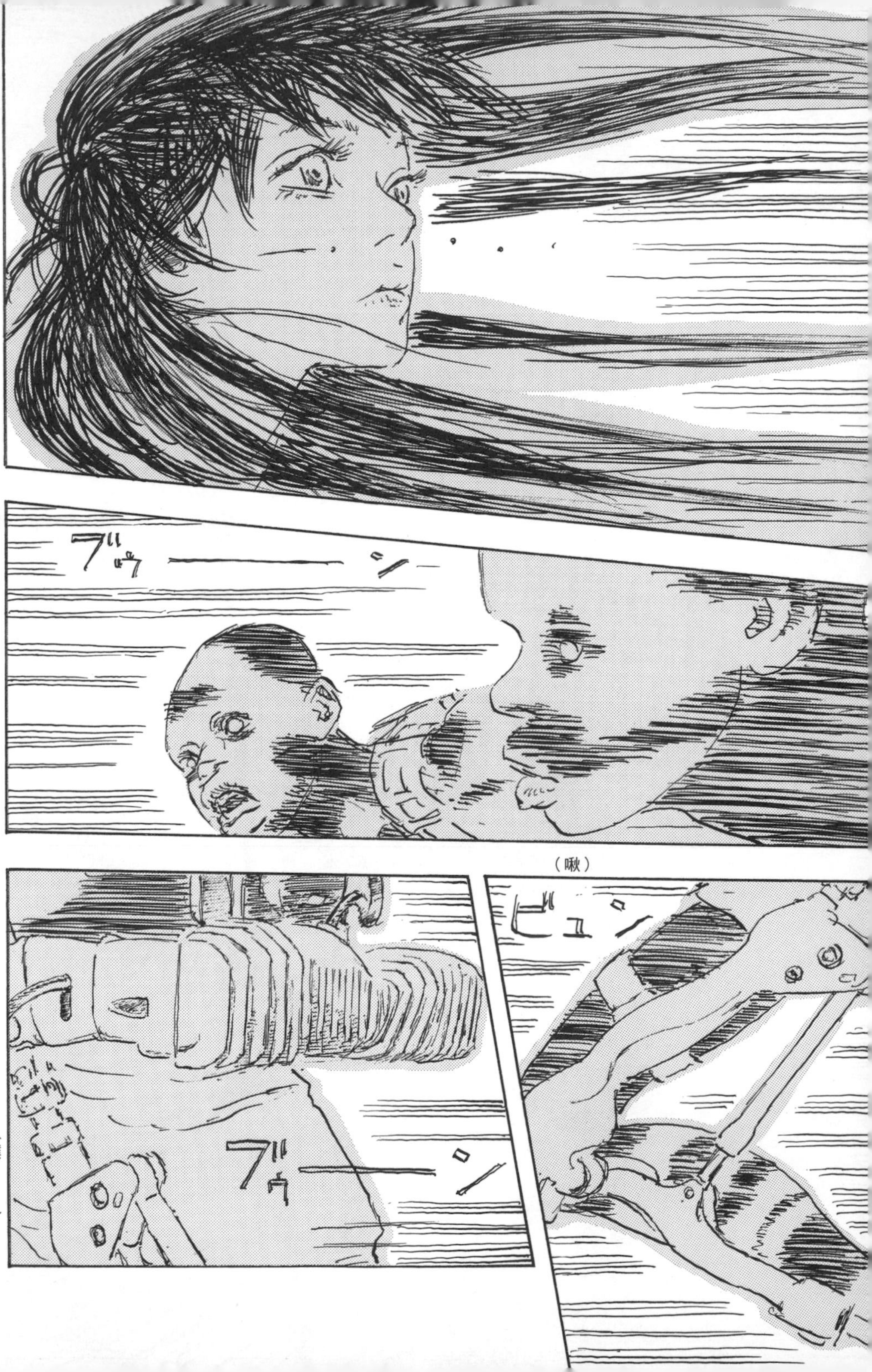

（噗——）

（啾）

（噗——）

(啾——)
(咻——)
(啾——)
(噗)

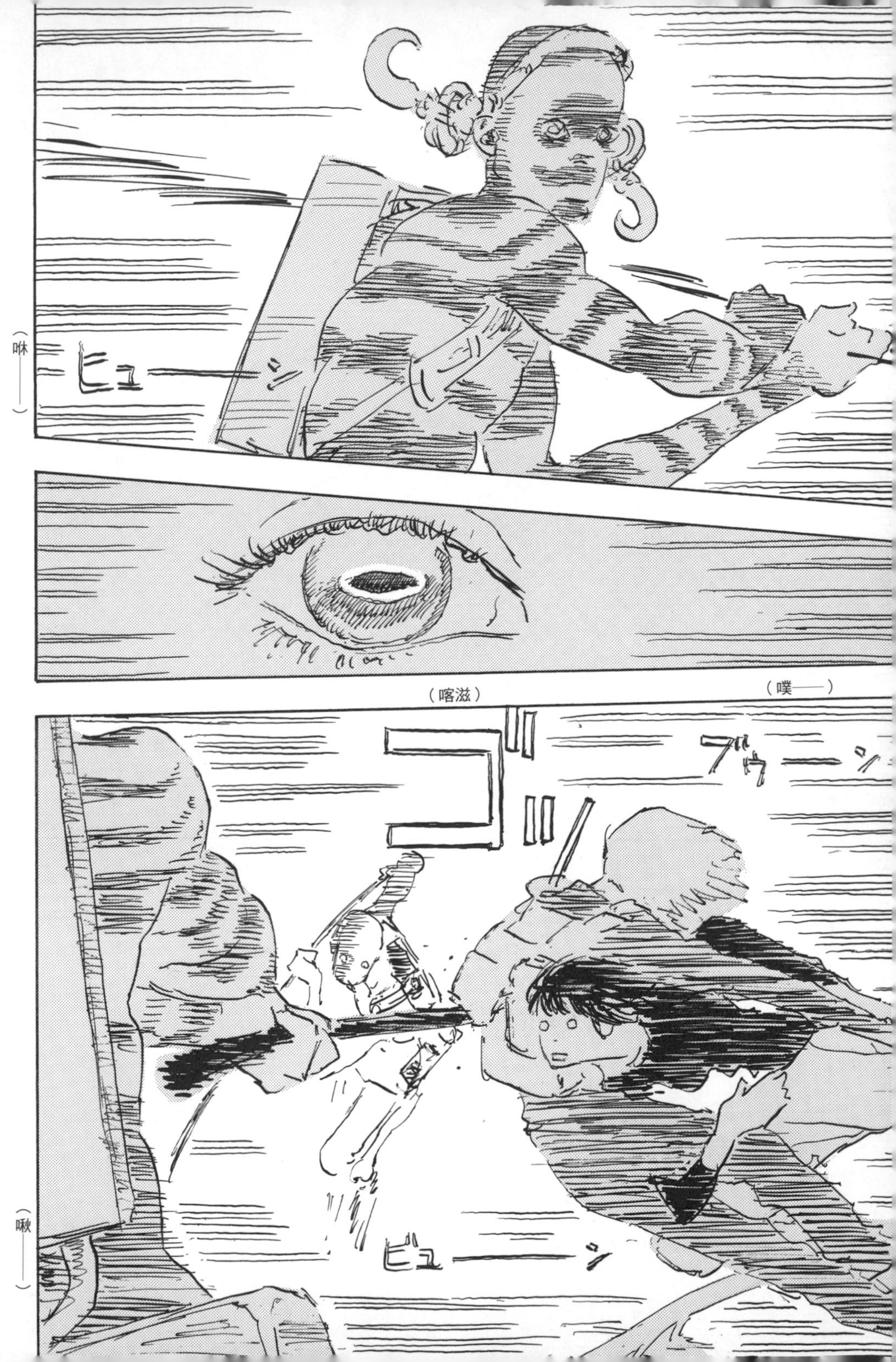

ヒューーーン
（咻——）
ブゥーーン
（噗——）
ゴリッ
（喀滋）
ヒューーーン
（啾——）

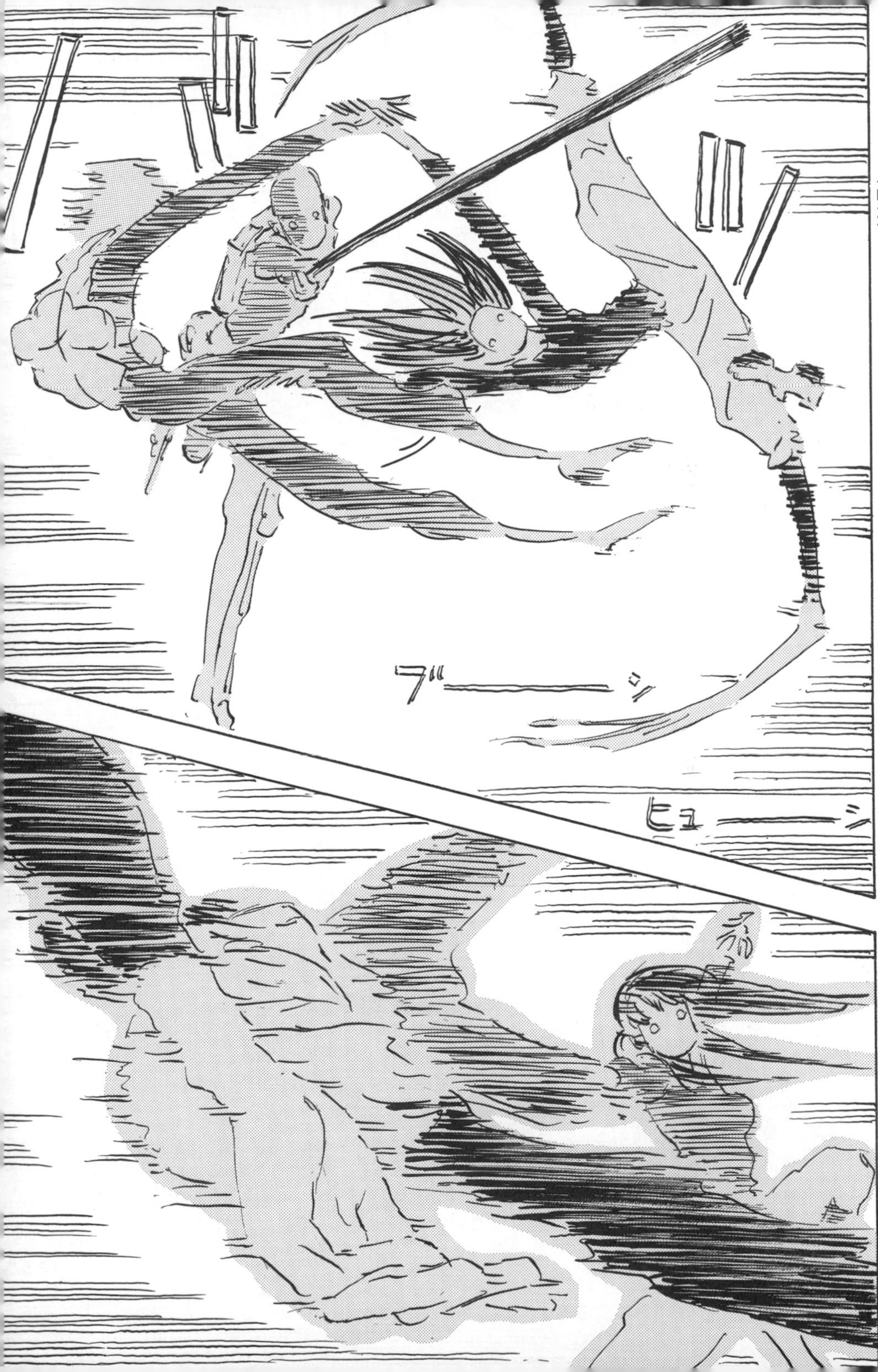

ブーーーーーン
ヒューーーーン
(啪滋)
(噗——)
(咻——)

（碰喀）
（噗——噗——）
ブーン
ブーン
（咻咻）
ヒュウン
ブーン
（噗——）
（喀滋）

米利暗……這架飛機是公司的，妳是外人，請不要拿它當計程車啊。
有什麼關係。
都同方向就順便載我一下嘛。
歐洲跟非洲稱不上同方向吧。

對了…那個誰啊，
那個暗中幫助HA逃走的研究員……怎麼樣了？
為什麼問這個？
最近正在反省自己闖的禍呀。
我是主張懲罰他，但不要讓他不滿，以更好的條件讓他留在生科研…
這也是為了防止資訊走漏。
只是會長出面干預。
讓他「意外死亡」了嗎。
你爸一直都堅信，曾經背叛過的人，遇到同樣狀況一定還是會選擇做同樣的事。
…我說啊，尚，

HA(Humanized Animal 人化動物)……基因編輯而使動物人類化的生命體。

要是希望人家珍惜你，
你懂嗎？
得先珍惜自己才行，知道嗎？
……妳啊，是被人家這樣講了嗎？
又被甩了？
嗯啊——人家只不過一時衝動跟朋友做了一次，男友卻怎麼樣都不原諒我……
說「妳要是珍惜我就絕對不會這樣對我」。
那麼幼稚，分手是對的…幾歲啊，跟妳分手的那男人？

17。
……
打擾一下。
HA在非洲行動的消息似乎走漏了。
有人正插手干預。
看吧，不珍惜人家的下場。
是哪來的傢伙多管閒事？
好像是新興的軍事工業複合體（MIC）。
先進諸國放棄的步兵強化技術被他們找到一絲發展的機會。
目前主要在非洲大陸拓展勢力。

啊！我有看過影片，用簡單的油壓式強化外骨骼做出超越人類的動作。
很厲害耶，想到那種用法，
還招募得到能運用這技術的足夠人才。
這種器官、胎兒和勞動力的「供給源」國家，
和得花錢才買得到這些東西的先進國之間，在「人類資源」的量上有所差距，
思考方式或許也因此有所不同吧。
胎兒？
胎兒組織的需求正在爆炸性增長。
免疫力與成長力等等，它有很多對移植有利的條件。
也有很多人想要非動物培養的純正人體組織。

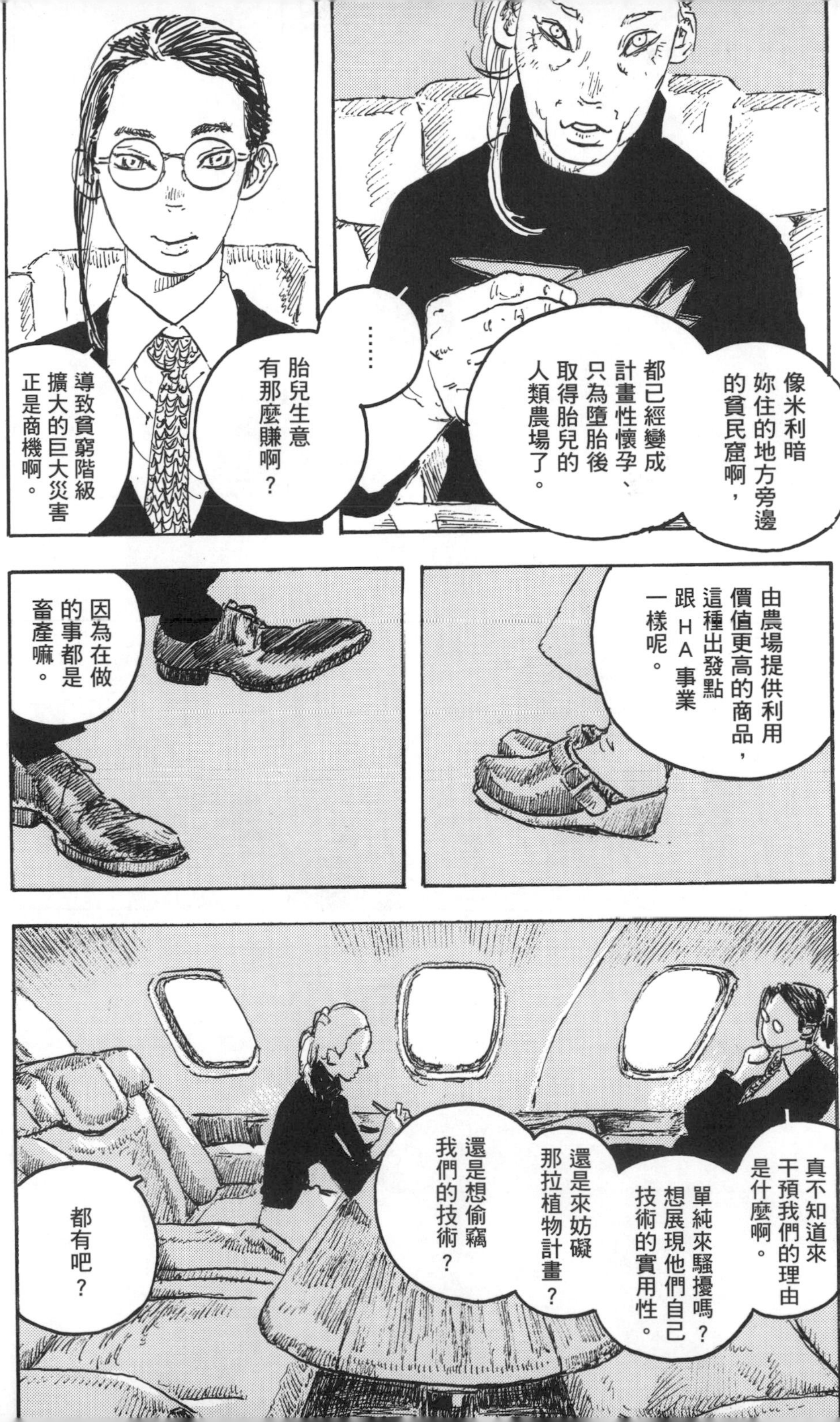
像米利暗妳住的地方旁邊的貧民窟啊，
都已經變成計畫性懷孕、只為墮胎後取得胎兒的人類農場了。
……
胎兒生意有那麼賺啊？
導致貧窮階級擴大的巨大災害正是商機啊。
由農場提供利用價值更高的商品，這種出發點跟ＨＡ事業一樣呢。
因為在做的事都是畜產嘛。
真不知道來干預我們的理由是什麼啊。
單純來騷擾嗎？想展現他們自己技術的實用性。
還是來妨礙那拉植物計畫？
還是想偷竊我們的技術？
都有吧？

因為那拉植物的四周圍繞著滿滿的商機呀。
我也參一腳好了♡
以防萬一，先加強相關人士的周邊安全。
是。
奧田沒事吧…
…妳從剛才就在弄什麼啊，那個？
是什麼呢…

是牛羚啊。

（砰砰砰）
！
（啪）

啊。

是先前失蹤的HA？
我們從監視器影像確認了。
為什麼牠要襲擊這裡呢？
手術中

（咻）

（撲）

（砰砰砰）
（砰）
（閃開）

（咬住）
ガッ

住院期間辛苦妳了。
歡迎回家。
大小姐。

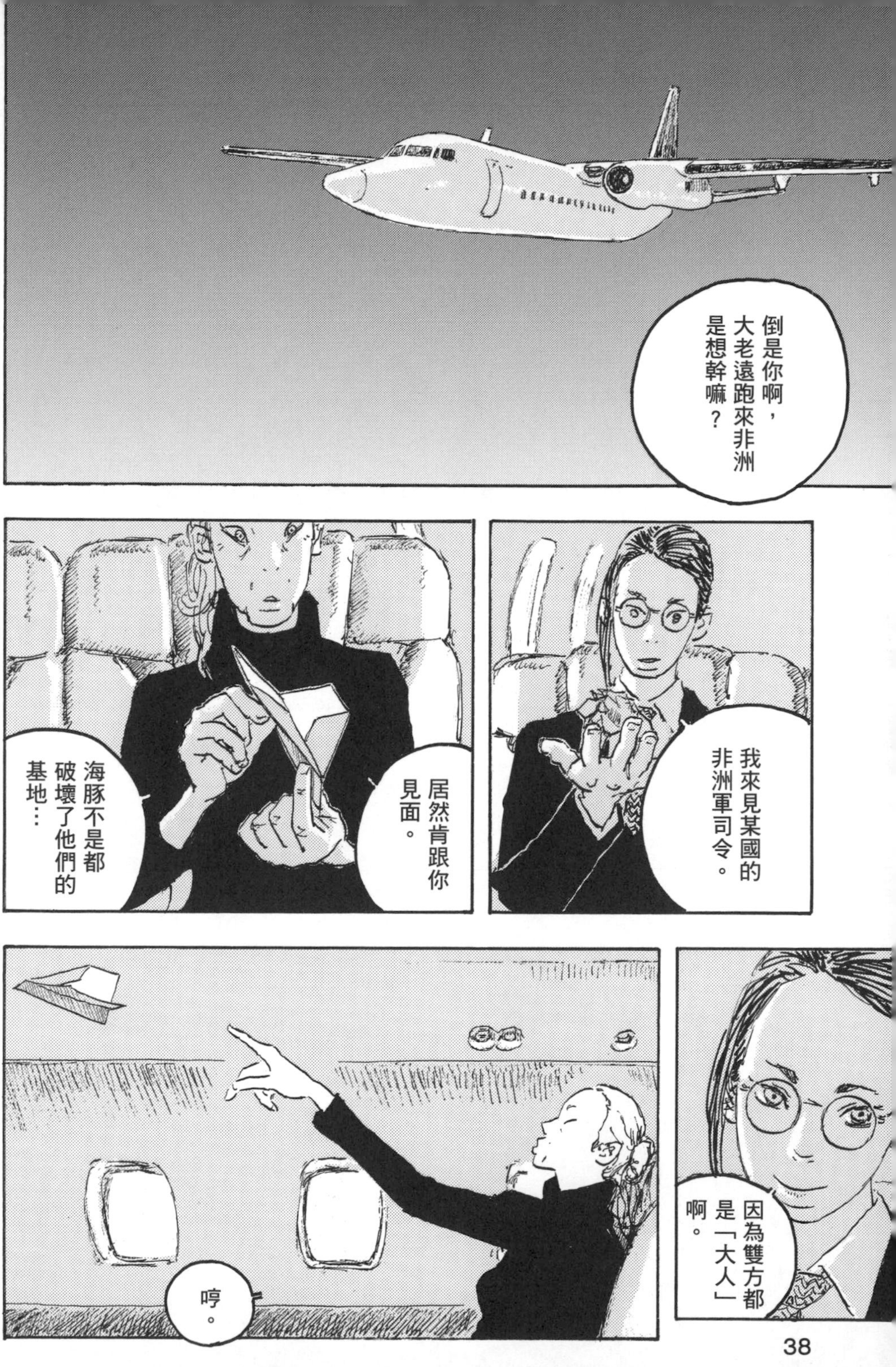
倒是你啊，大老遠跑來非洲是想幹嘛？
我來見某國的非洲軍司令。
居然肯跟你見面。
海豚不是都破壞了他們的基地⋯
因為雙方都是「大人」啊。
哼。

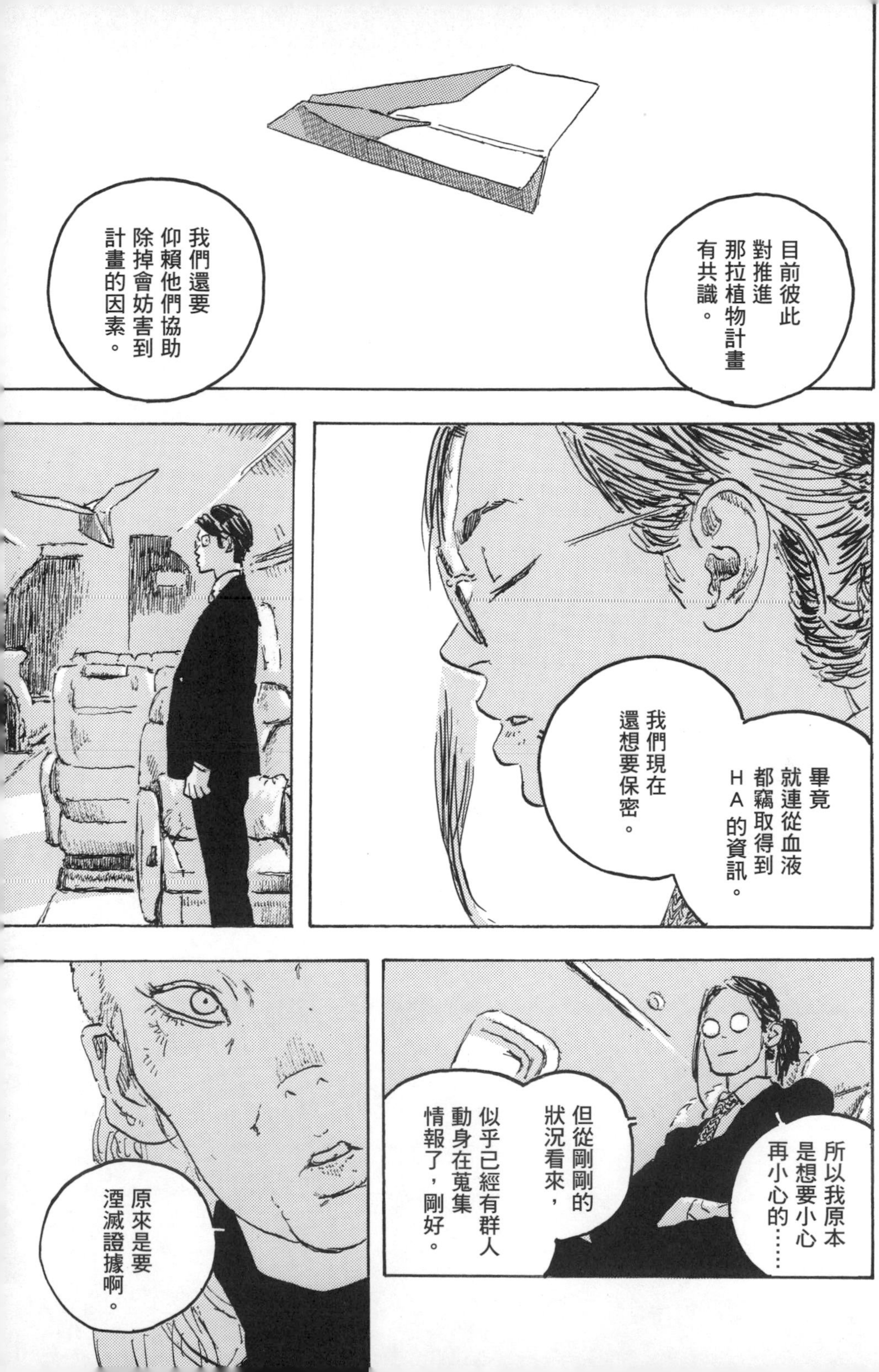
目前彼此對推進那拉植物計畫有共識。
我們還要仰賴他們協助除掉會妨害到計畫的因素。
畢竟就連從血液都竊取得到HA的資訊。
我們現在還想要保密。
所以我原本是想要小心再小心的……
但從剛剛的狀況看來，似乎已經有群人動身在蒐集情報了，剛好。
原來是要湮滅證據啊。

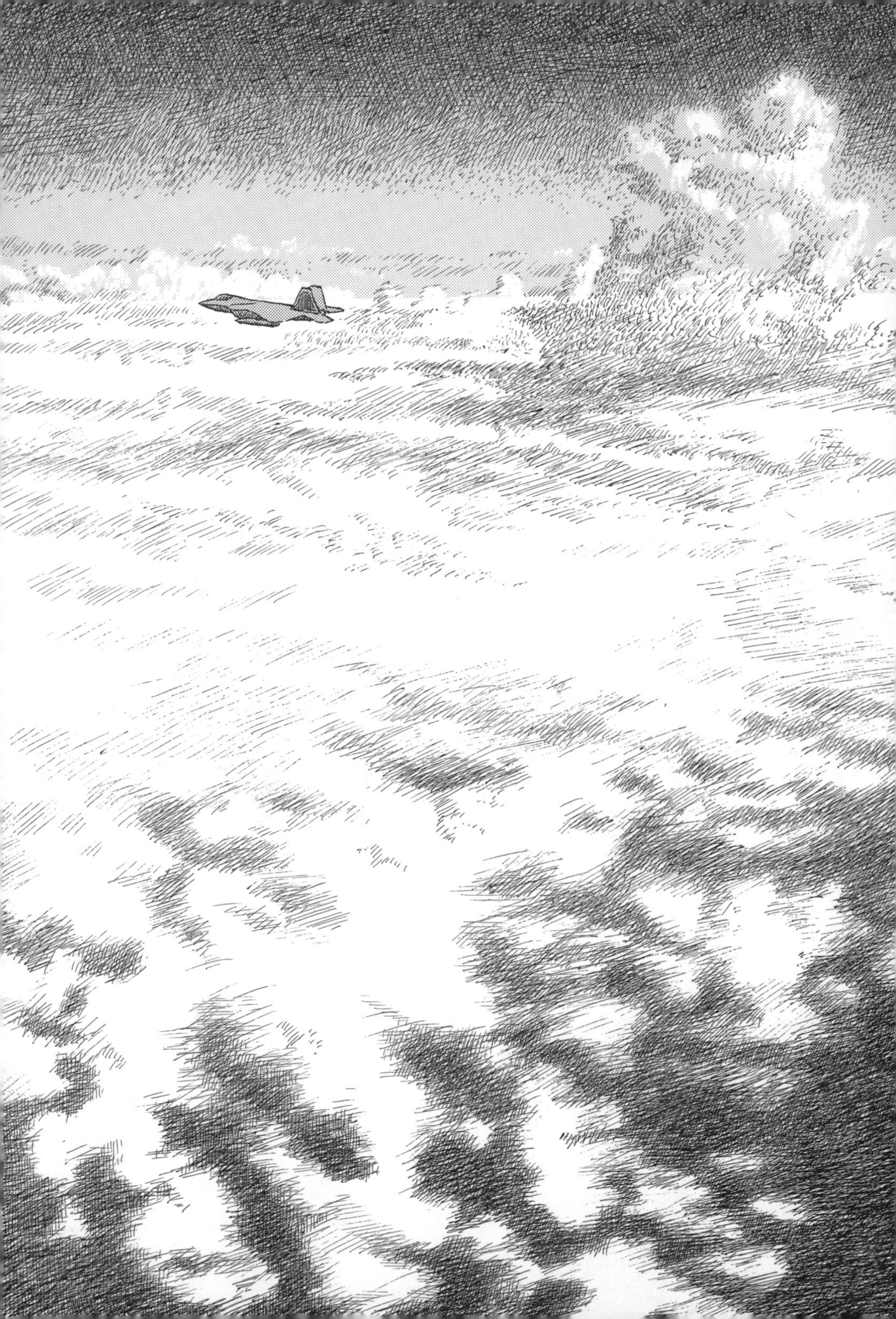

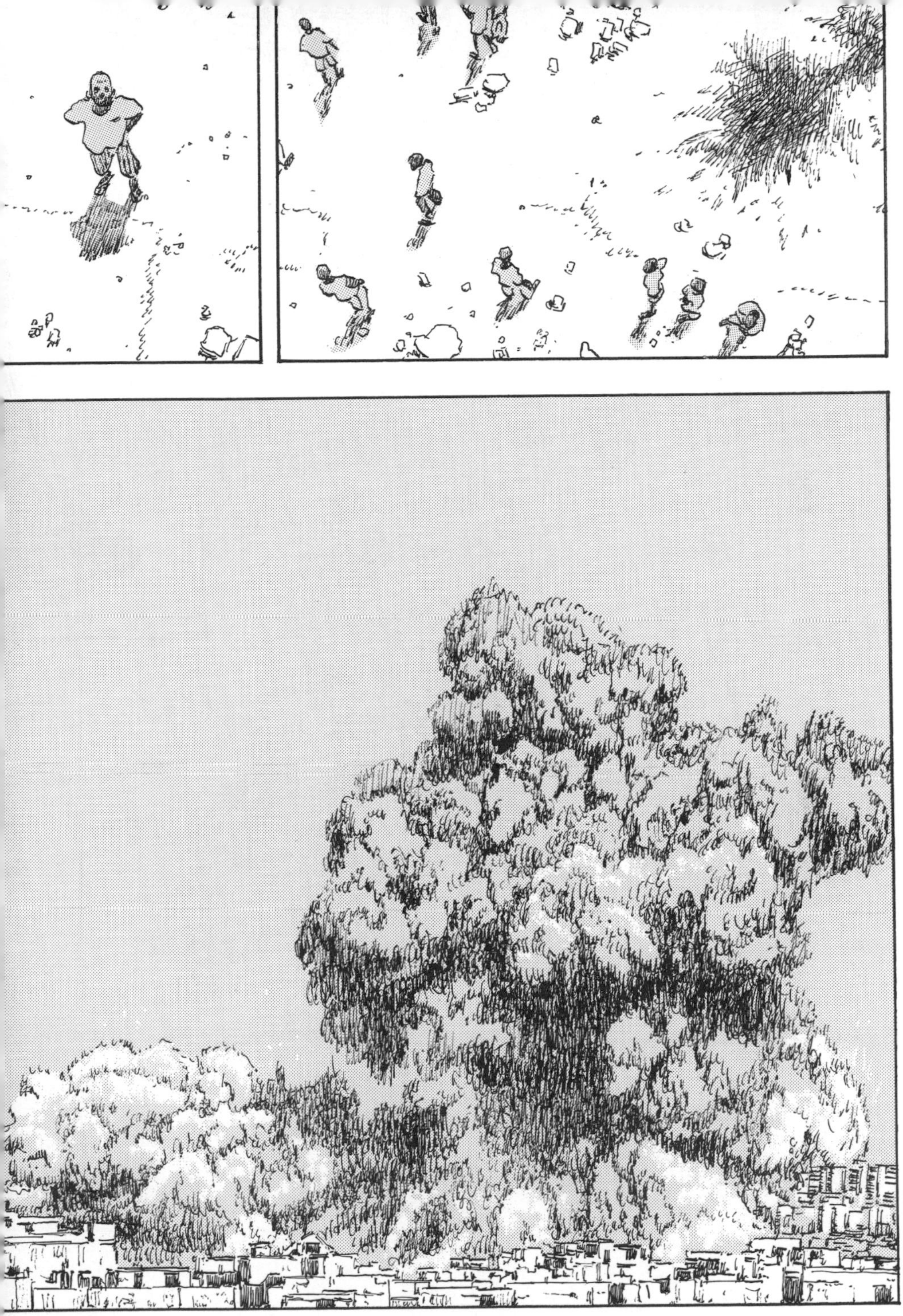

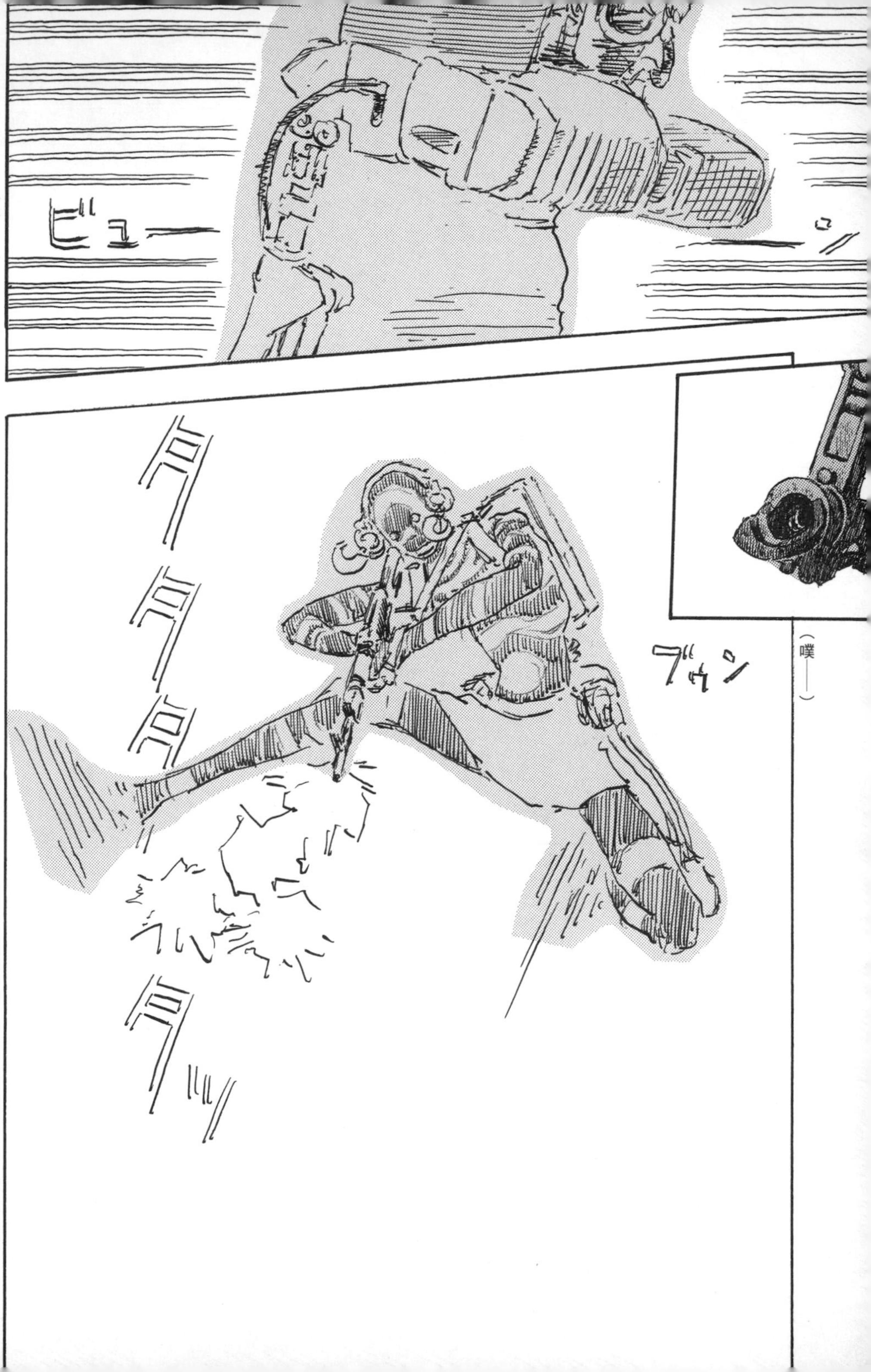

（咻——）

（噗——）

（噠噠噠噠）

（噠噠噠）

（噗——）

（喀哧）
（噗——）
（咻——）

把黃•被欣斷的手帶走比較好吧？

了解，我現在往會合地點前進。

目前黃以外的海豚全部都不知去向，沒有任何消息。
哎呀哎呀。
16:end
事態還在進行中啊。

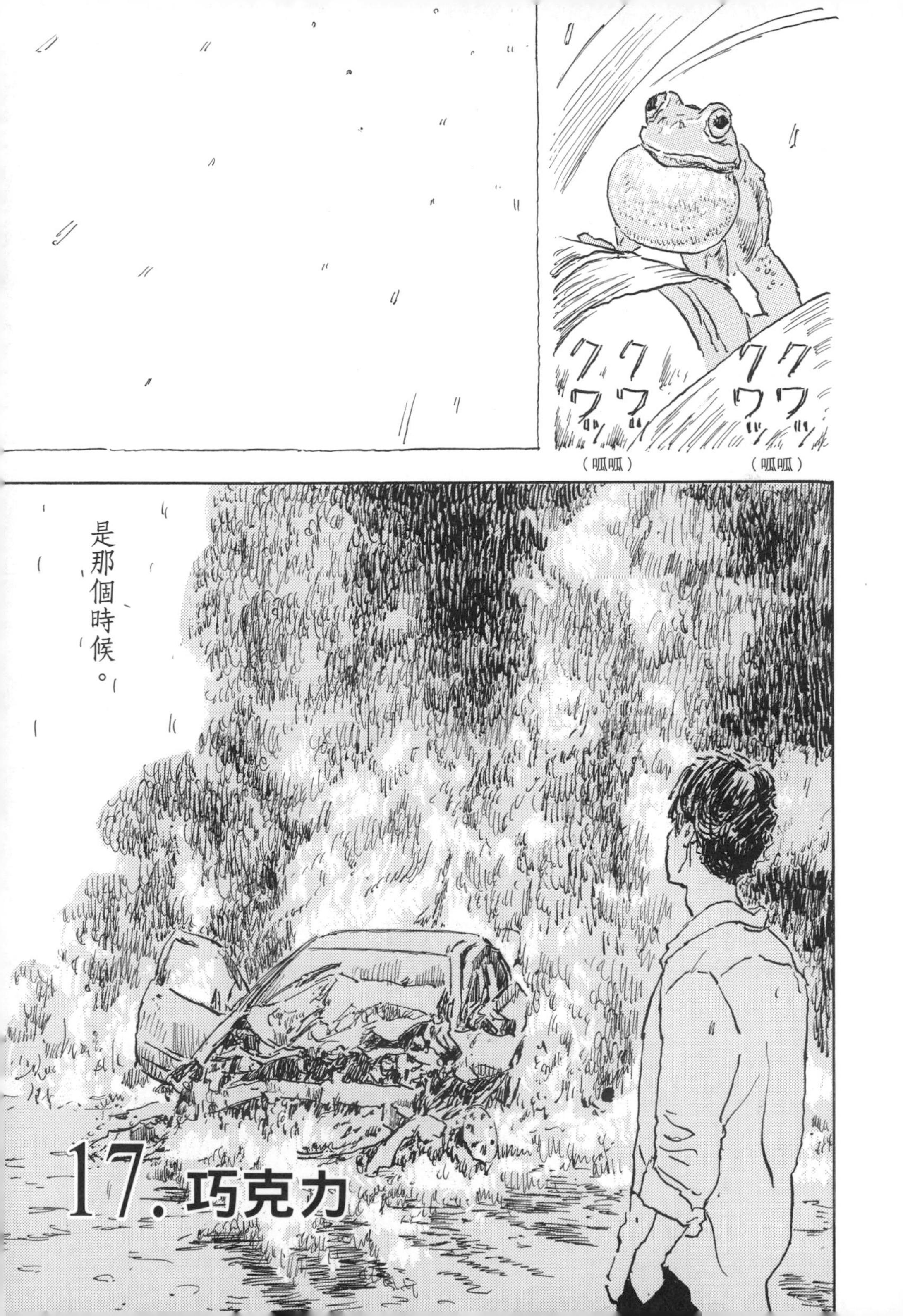
クワッ クワッ
（呱呱）
クワッ クワッ
（呱呱）
是那個時候。
17. 巧克力

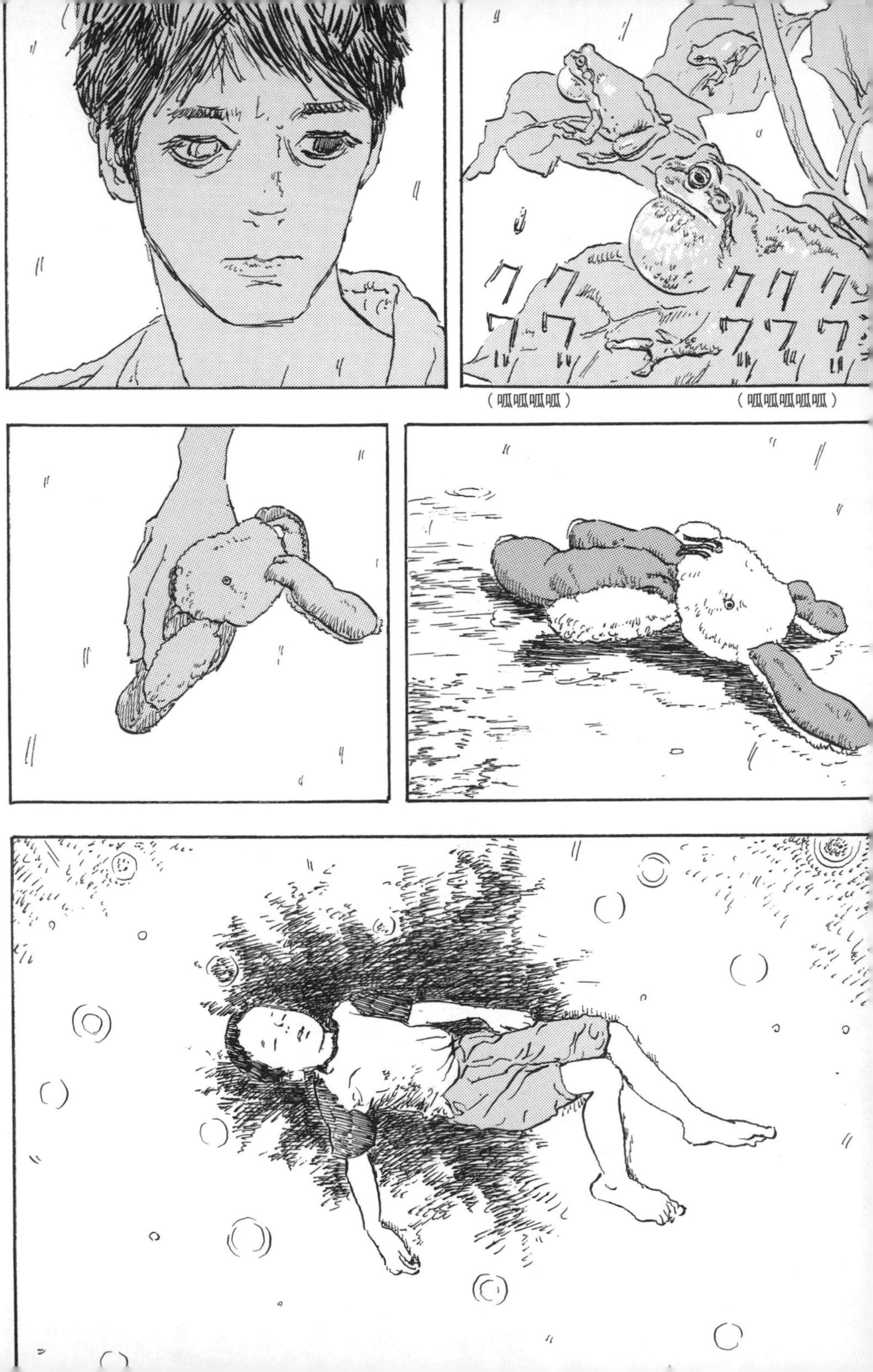

クワクワクワ
（呱呱呱呱呱）
クワクワ
（呱呱呱呱）

是我。
父親與母親，
還有妹妹，都燒起來了。

太美妙了！
居然會有連我都無法想像的世界存在！
是喔…
原來…
妳聽不到啊。

你的環世界，是在生命的內部以聲音進行資訊交換……
這個行為是「對話」？
還是「音樂」呢？
我們以為的基因資訊，搞不好只是記號化的「樂譜」而已。
訊息大多都從那之上脫落了。
因為樂譜並不是音樂本身。

那種音樂，世界上只有你聽得見。
沒有任何人能與你共享。
所以除非有你的指示，否則是不可能重現ＨＡ這種現象的。
就連我也…
那群低等的人何止是無法重現，就算ＨＡ在他們面前，還是無法承認ＨＡ的存在。
但是我能理解你的才能。
不！
這世界上只有我能理解你。

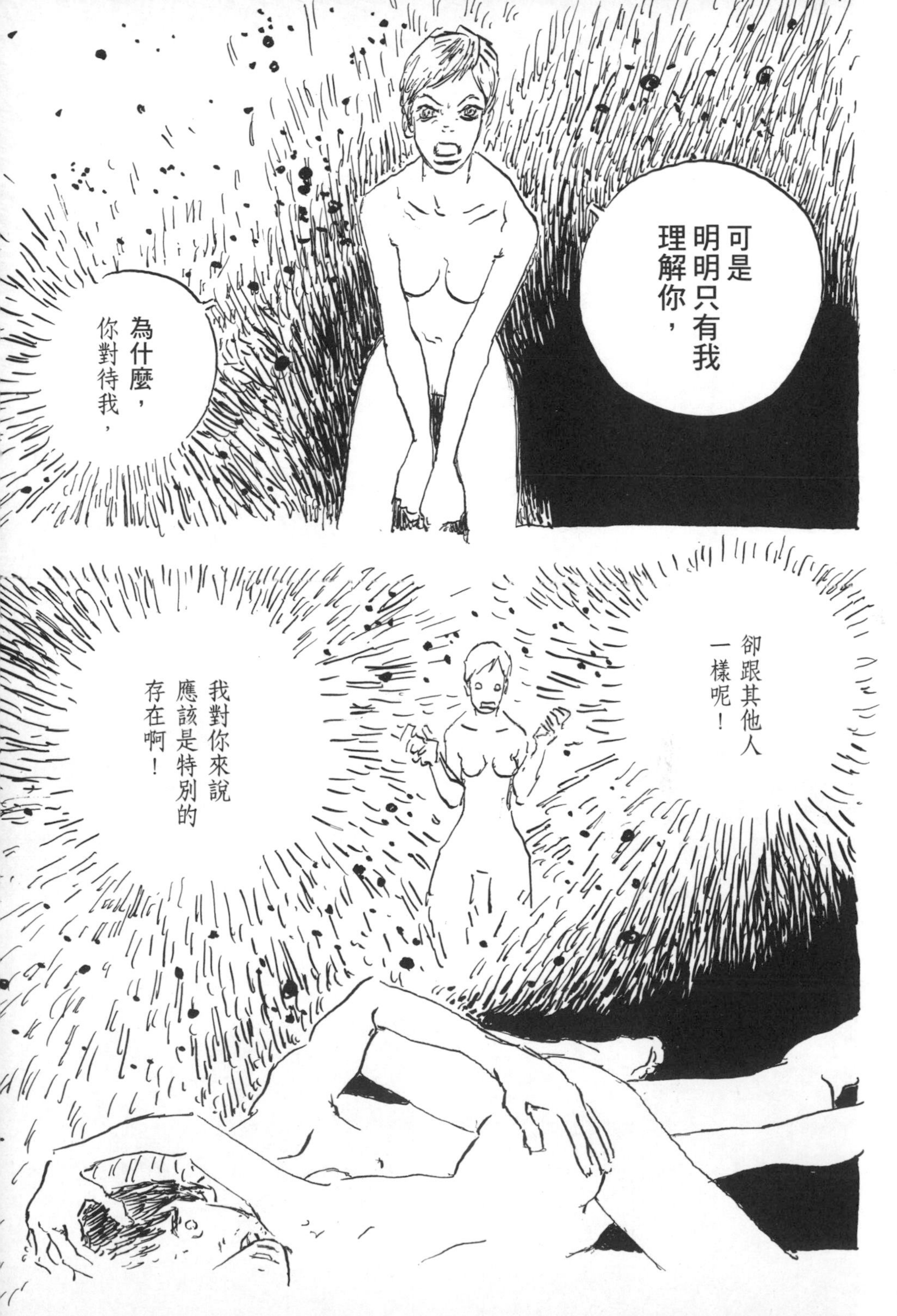
可是明明只有我理解你，
為什麼，你對待我，
卻跟其他人一樣呢！
我對你來說應該是特別的存在啊！

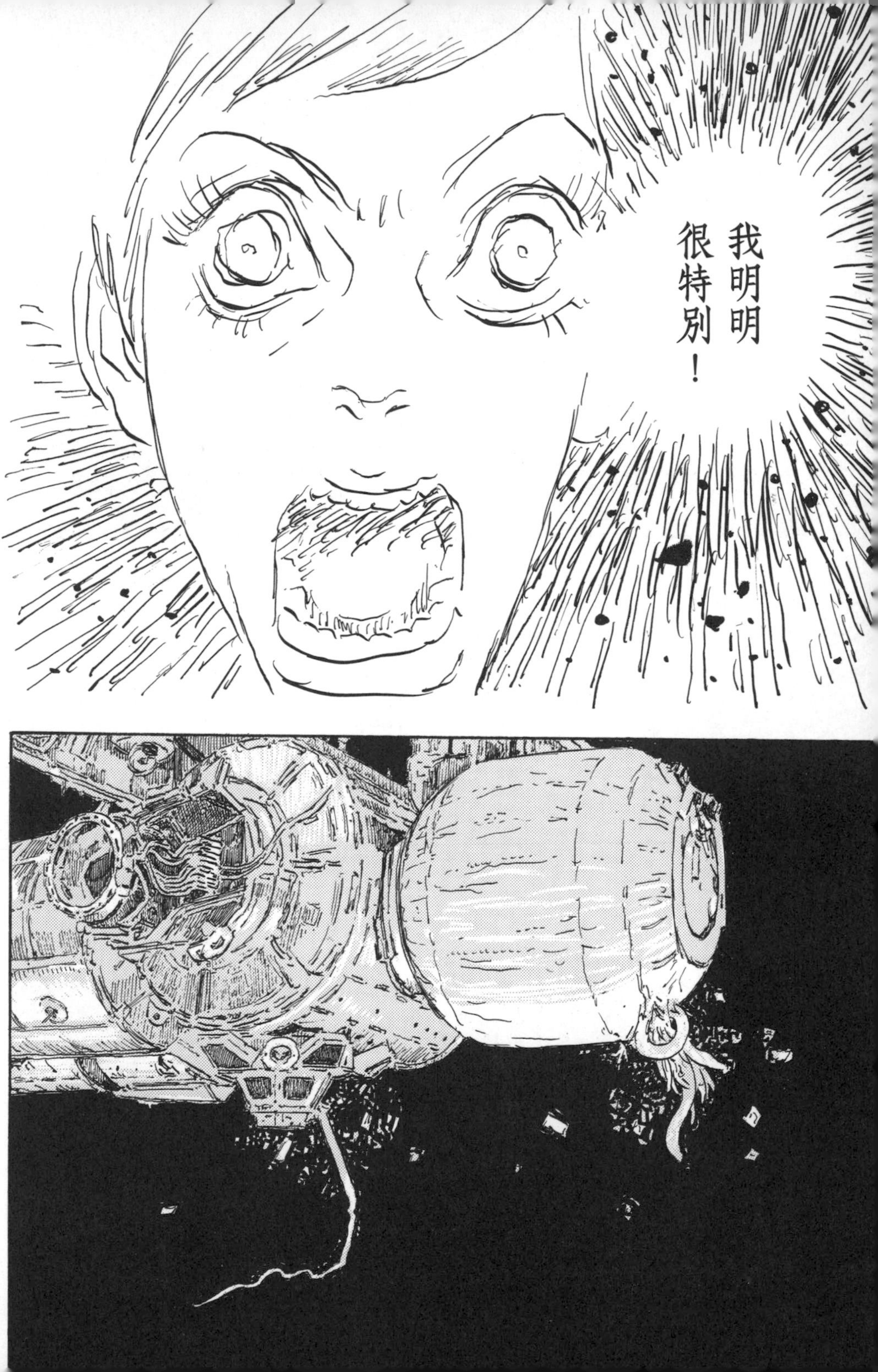
我明明
很特別！

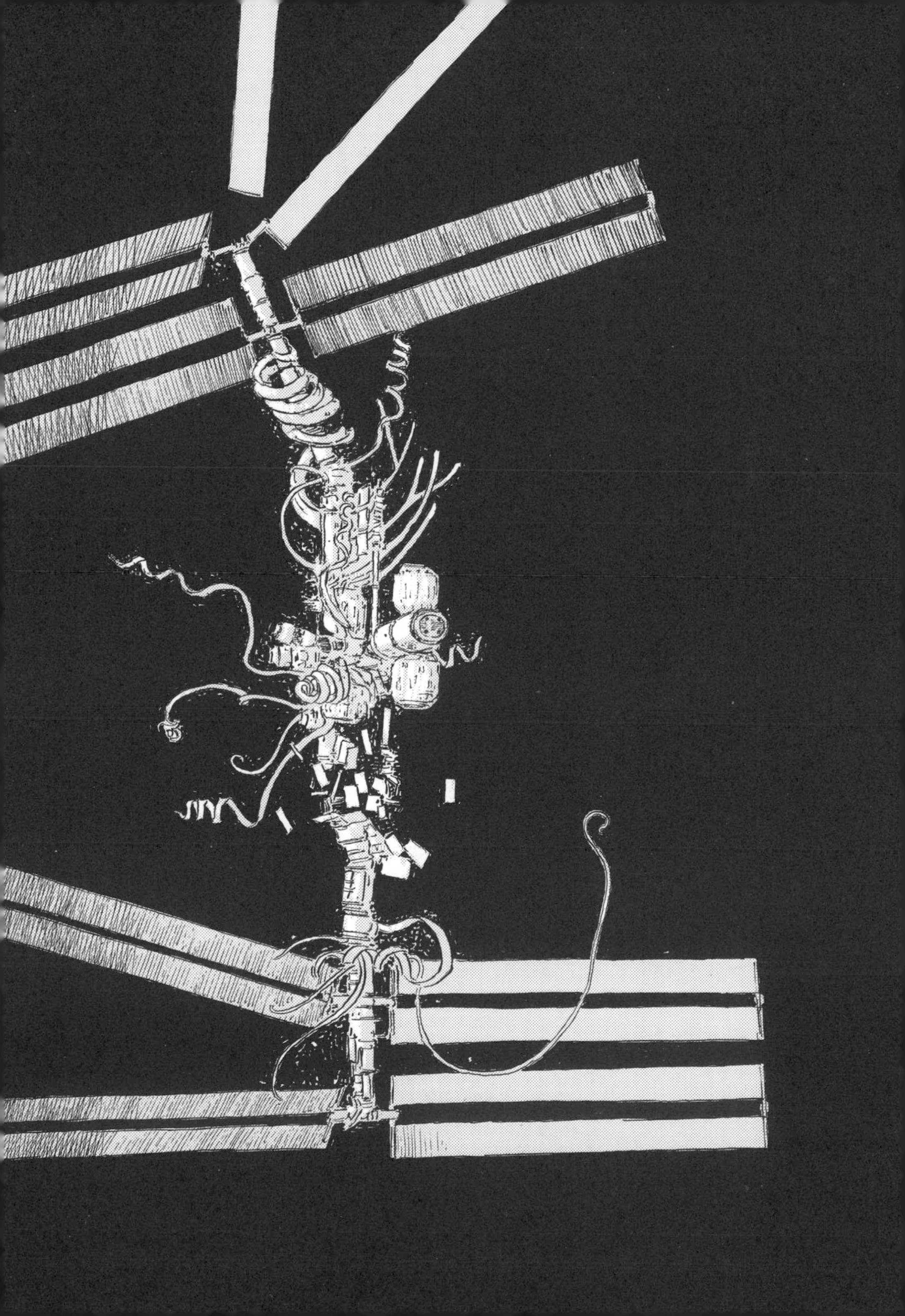

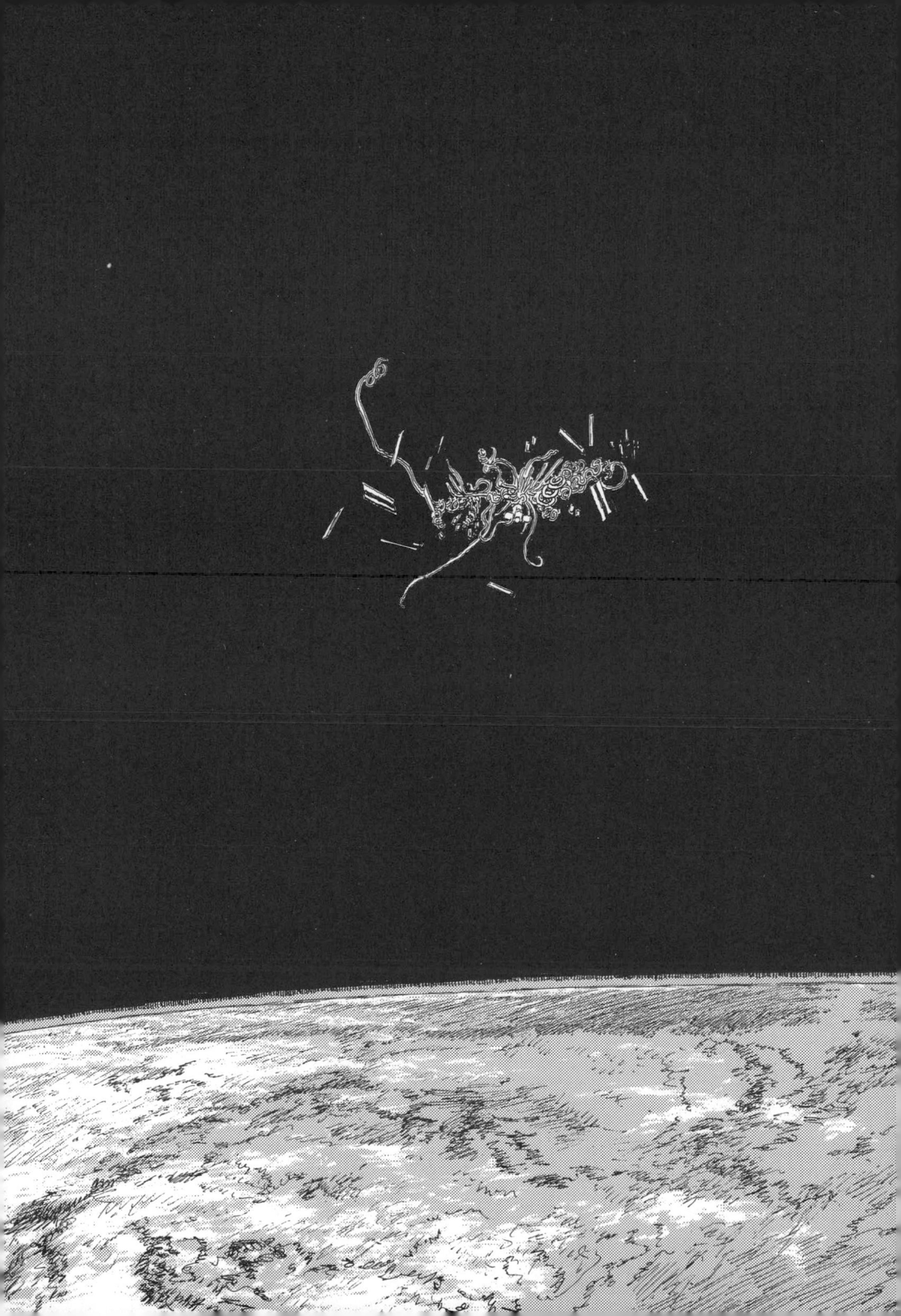

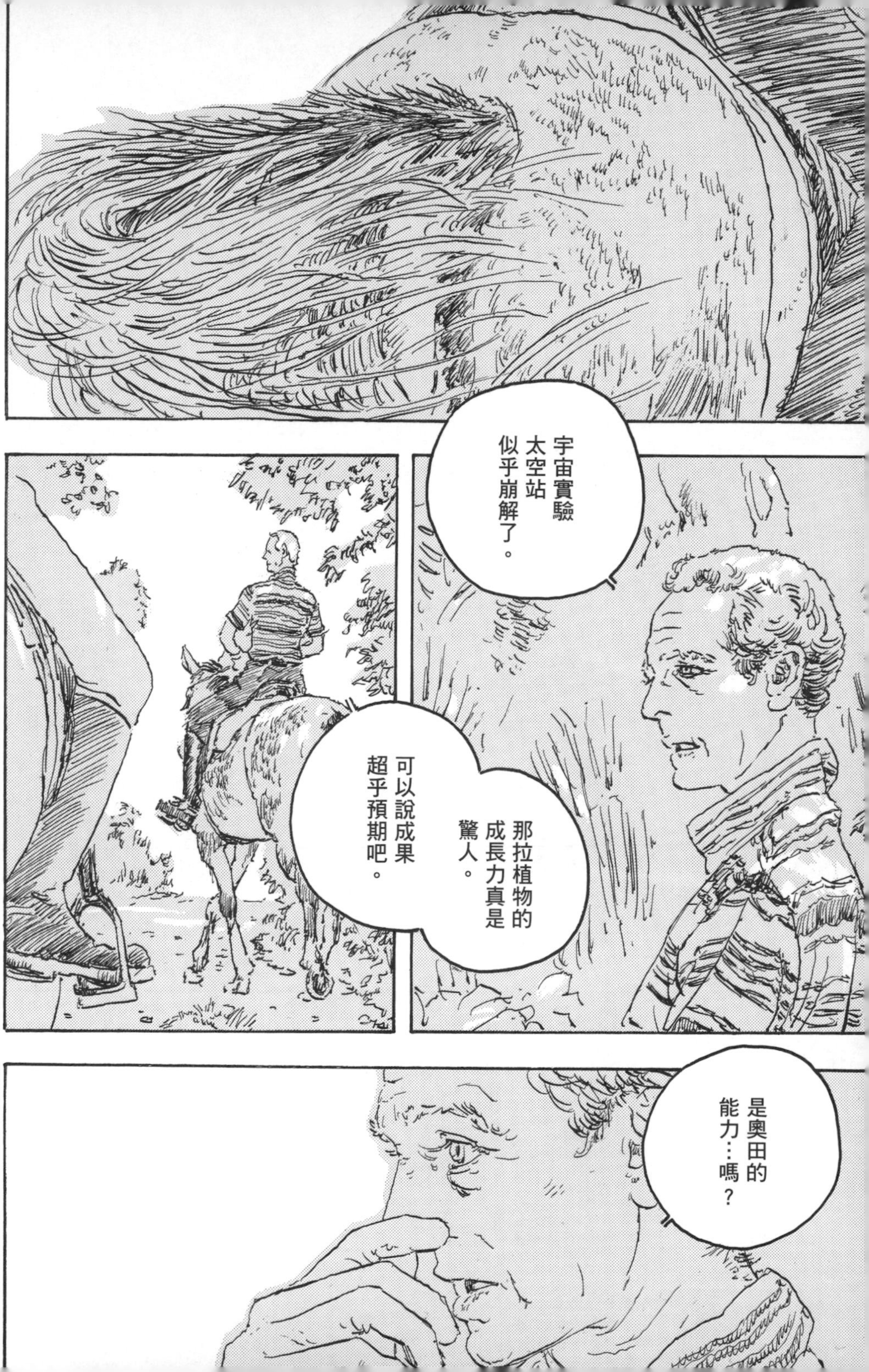

宇宙實驗太空站似乎崩解了。
那拉植物的成長力真是驚人。
可以說成果超乎預期吧。
是奧田的能力…嗎？

是的，會長。
啁啁啁
尚。
現在不用這樣叫我。
好的。
父親。

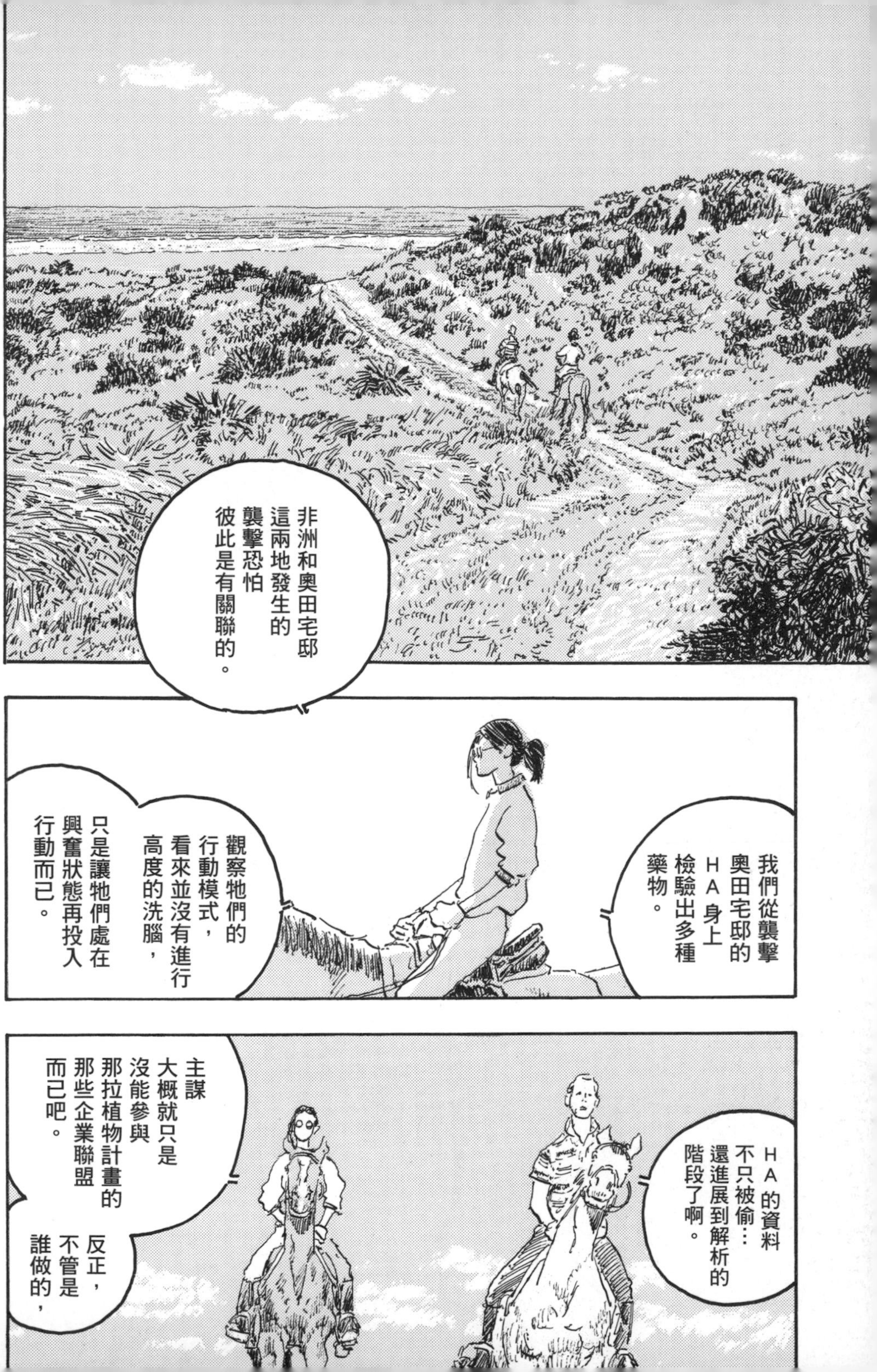

非洲和奧田宅邸這兩地發生的襲擊恐怕彼此是有關聯的。
我們從襲擊奧田宅邸的HA身上檢驗出多種藥物。
觀察牠們的行動模式，看來並沒有進行高度的洗腦，
只是讓牠們處在興奮狀態再投入行動而已。
HA的資料不只被偷…還進展到解析的階段了啊。
主謀大概就只是沒能參與那拉植物計畫的那些企業聯盟而已吧。反正，不管是誰做的，

我非常想知道，他們解析了ＨＡ得到的結論是什麼。
出乎意料，找不到來自人類的基因，想必很困惑吧。
那隻ＨＡ只有牛羚的基因。
雖然外形來說怎麼看都像是與人類的混種，
其實只不過是牛羚的亞種而已。

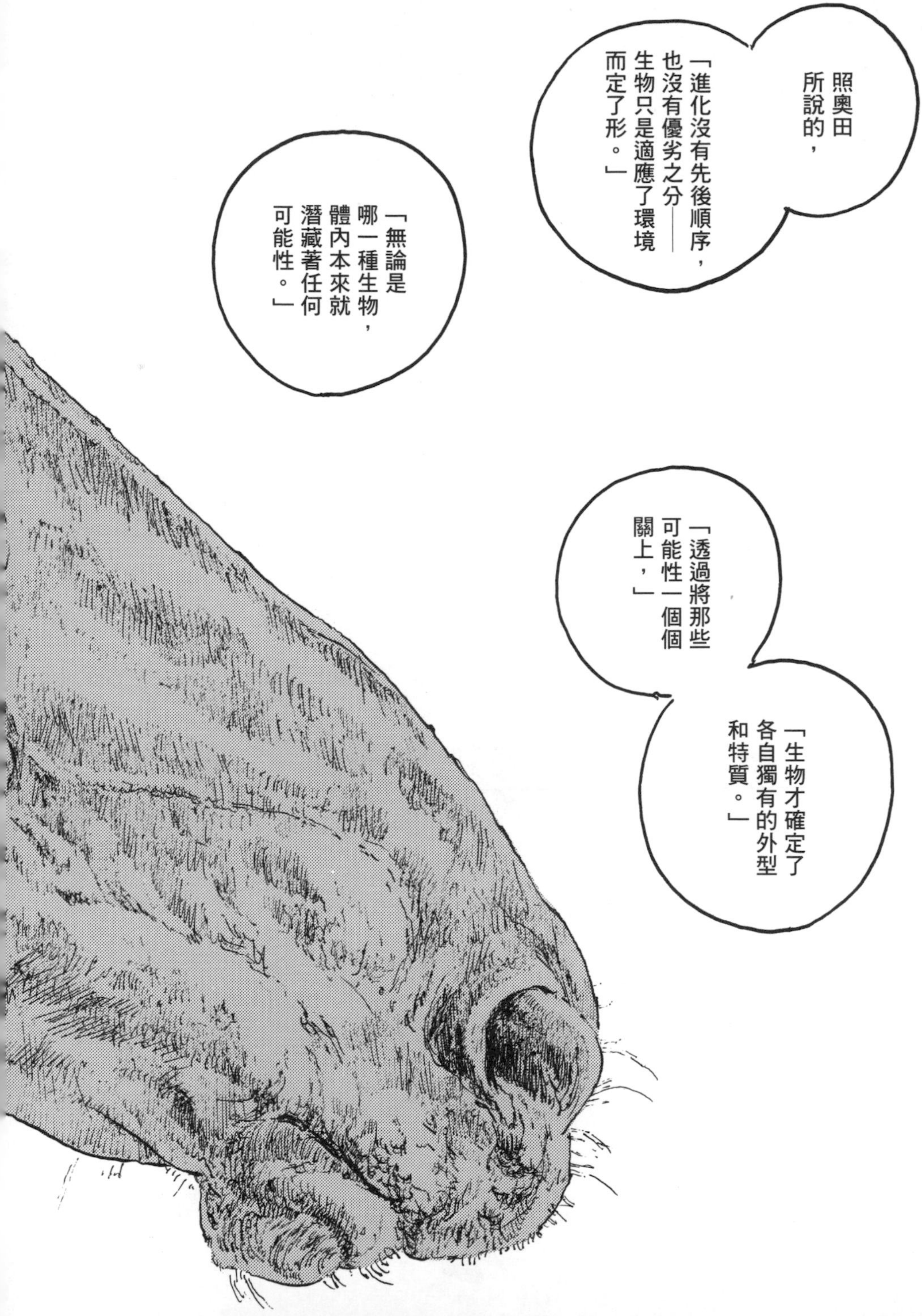
照奧田所說的，
「進化沒有先後順序，也沒有優劣之分——生物只是適應了環境而定了形。」
「無論是哪一種生物，體內本來就潛藏著任何可能性。」
「透過將那些可能性一個個關上，」
「生物才確定了各自獨有的外型和特質。」

「而要是把可能性導引到其他方向，」
「就能讓青蛙有人類般的外表，也可以讓貝類擁有人類般的智商。」
——似乎是這樣。

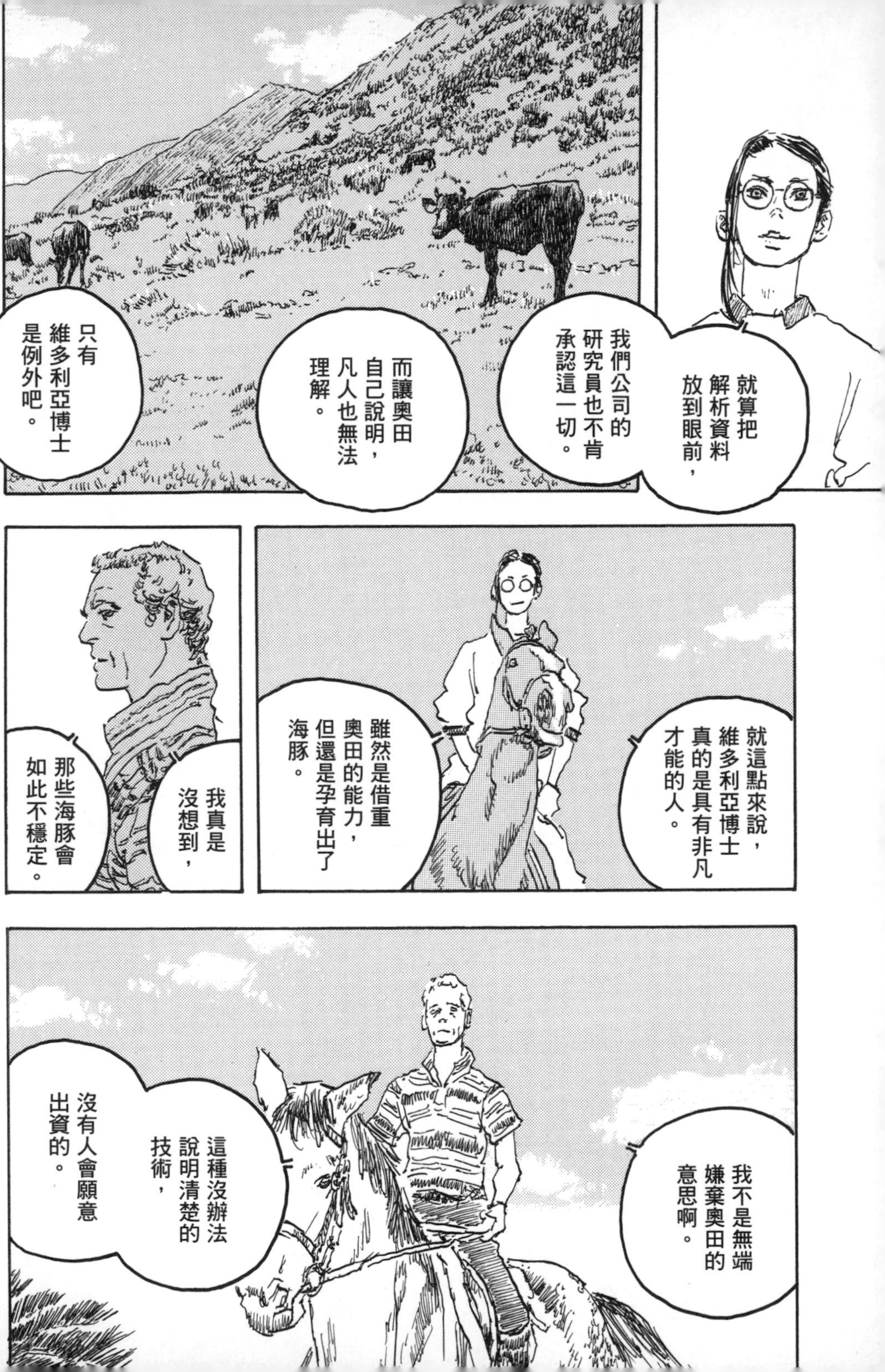
就算把解析資料放到眼前，
我們公司的研究員也不肯承認這一切。
而讓奧田自己說明，凡人也無法理解。
只有維多利亞博士是例外吧。
就這點來說，維多利亞博士真的是具有非凡才能的人。
雖然是借重奧田的能力，但還是孕育出了海豚。
我真是沒想到，
那些海豚會如此不穩定。
我不是無端嫌棄奧田的意思啊。
這種沒辦法說明清楚的技術，
沒有人會願意出資的。

為了要簡化到讓人們能夠接受，所以選了海豚和維多利亞嗎？
可是用在海豚身上的技術是不能公開的，跟ＨＡ不一樣。
所以你是說ＨＡ的話就可以公開？
因為事實上牠們就只是家畜而已啊。
把那樣的青蛙跟豹擺到人面前，我想沒有人會覺得牠們是家畜的。
正是因為如此，

就基因資訊來說，ＨＡ的青蛙也只算是「蛙」的亞種。
就只是會在溼地看到的那種，普通的青蛙。
法律上來說，用在小學的解剖實驗也沒問題。

這樣不是挺愉快的嗎？
能把牠們當成家畜對待，對任何人來說都相當有吸引力。
醫學、農業、軍事就不用說了，從宇宙到當寵物，
應用範圍無限寬廣。
…

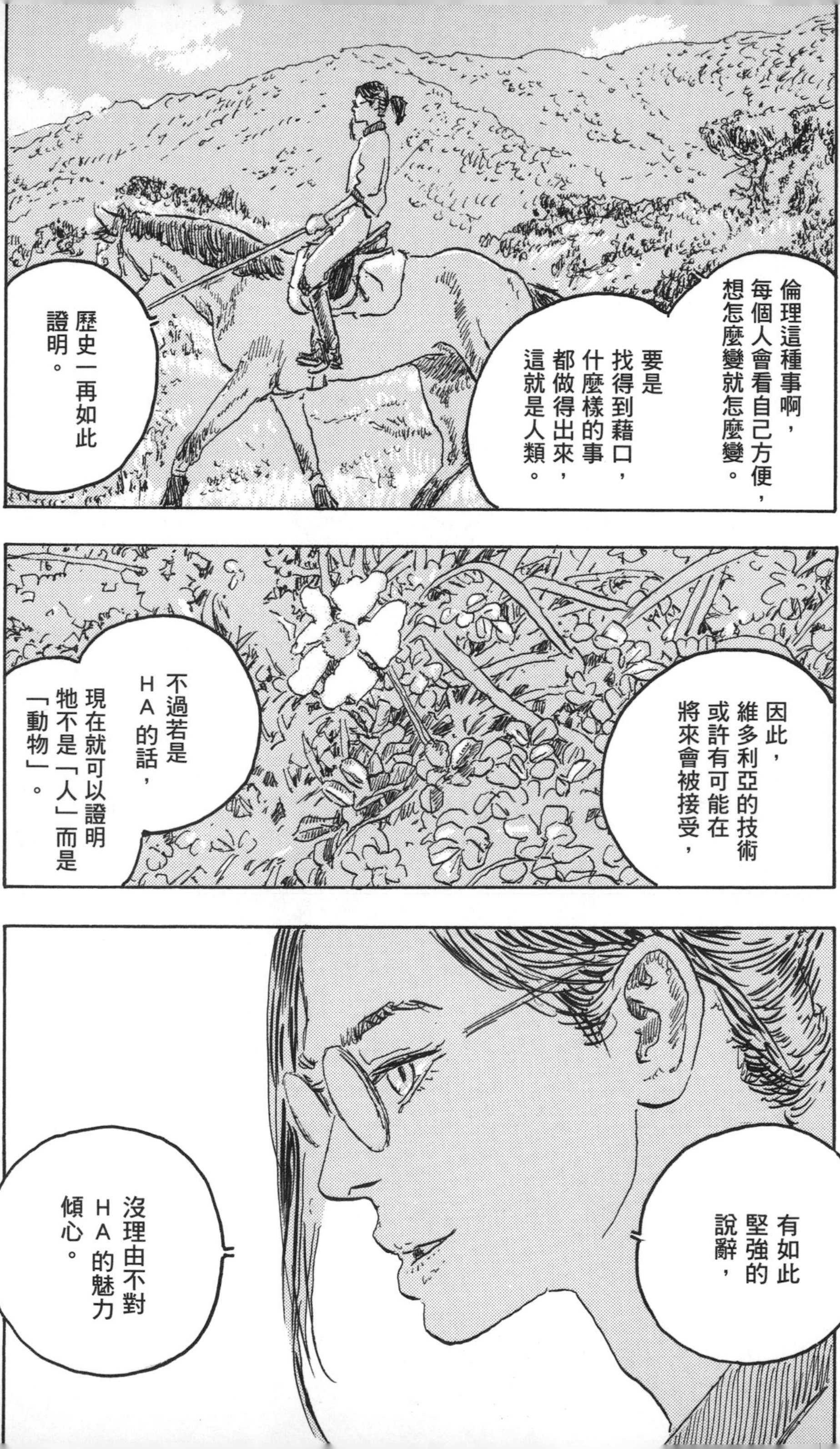
倫理這種事啊，
每個人會看自己方便，
想怎麼變就怎麼變。
要是
找得到藉口，
什麼樣的事
都做得出來，
這就是人類。
歷史一再如此
證明。
因此，
維多利亞的技術
或許有可能在
將來會被接受，
不過若是
ＨＡ的話，
現在就可以證明
牠不是「人」而是
「動物」。
有如此
堅強的
說辭，
沒理由不對
ＨＡ的魅力
傾心。

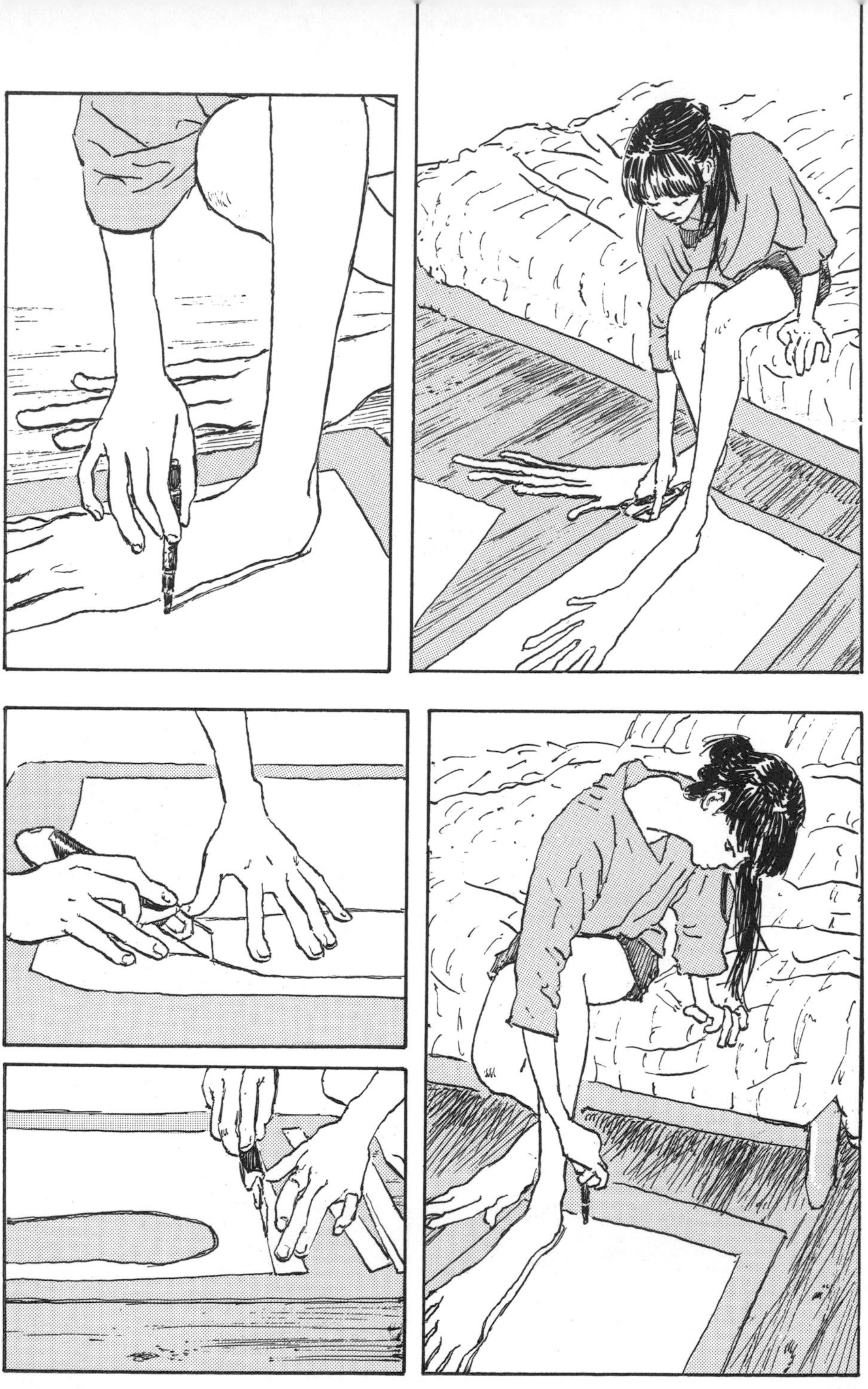

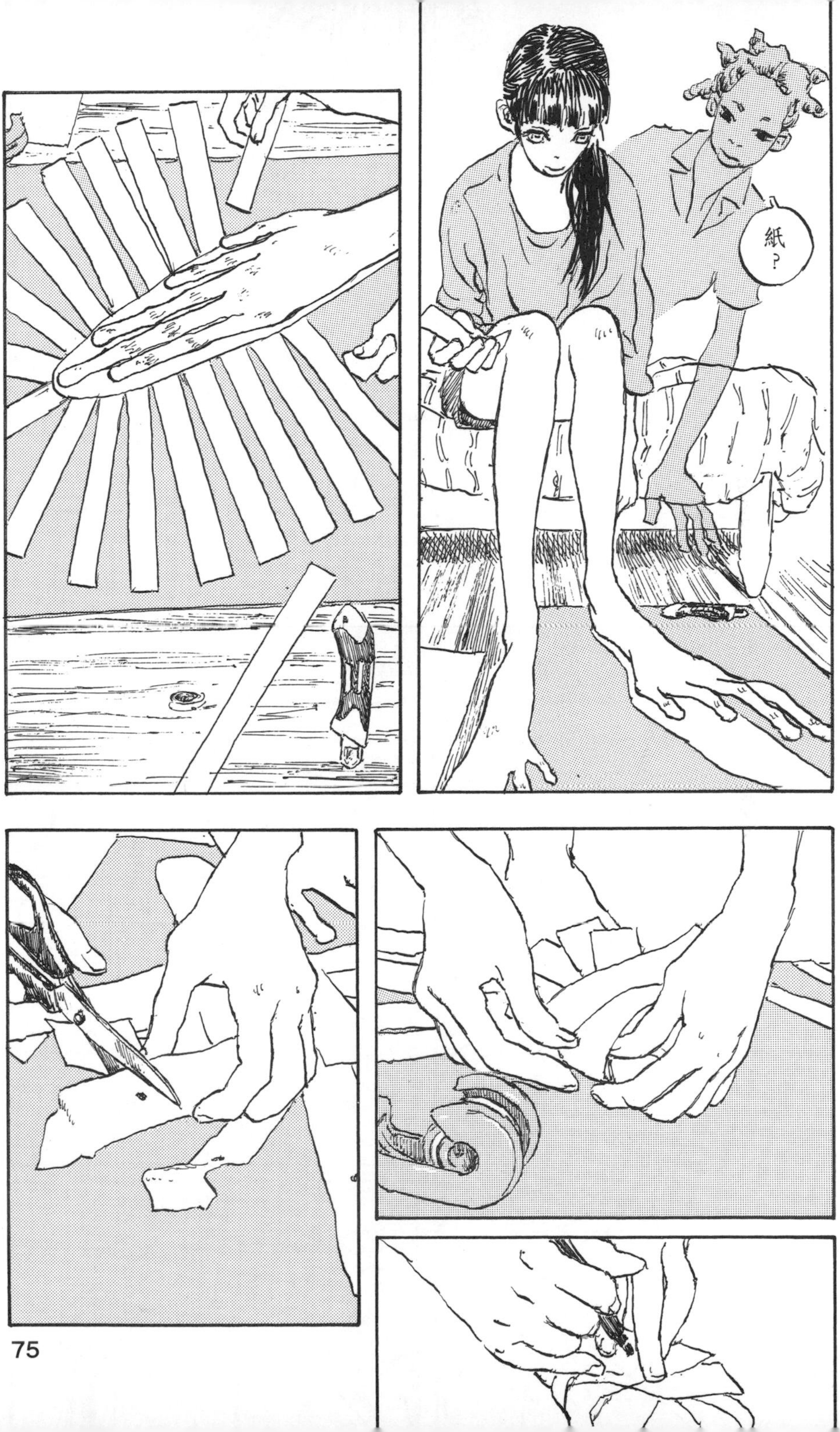
紙？

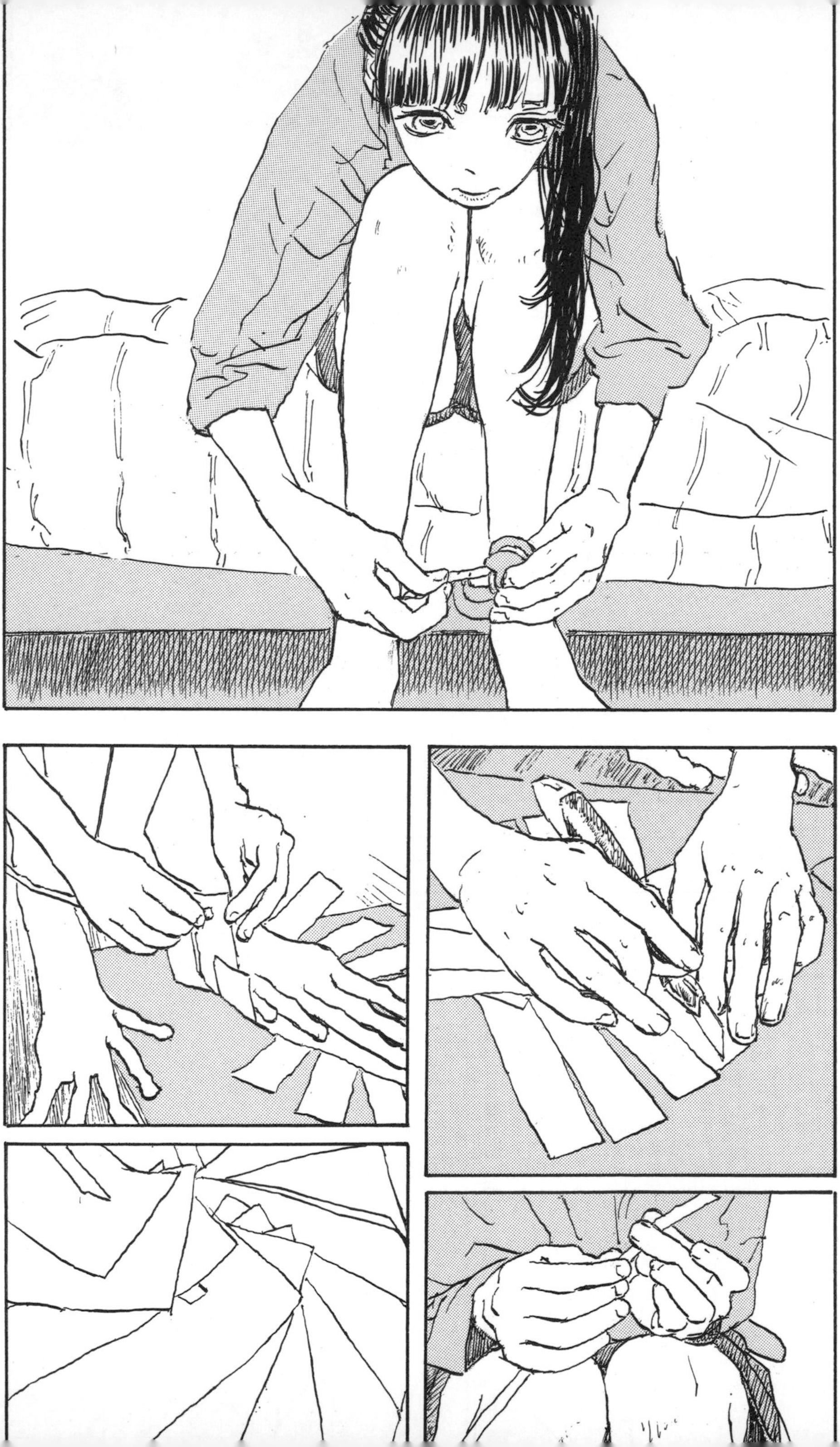

原來。
妳在做鞋的紙型啊。

我請人調查了奧田的背景。
「雙親和妹妹死於恐攻。」
「重建了兒時全家住的房子，現在仍住在裡頭。」
全都是虛構的吧？

是的。
大量的家族旅行紀念海報，
還有掛在家裡的家族相片也都是假的。
甚至他曾住在那家裡都不是事實。
被捲入恐攻這件事倒是真的。

奧田也沒有妹妹。
還有他滲透在那座宅邸每個角落，對家族的異常執著，
全都是幻想的產物。

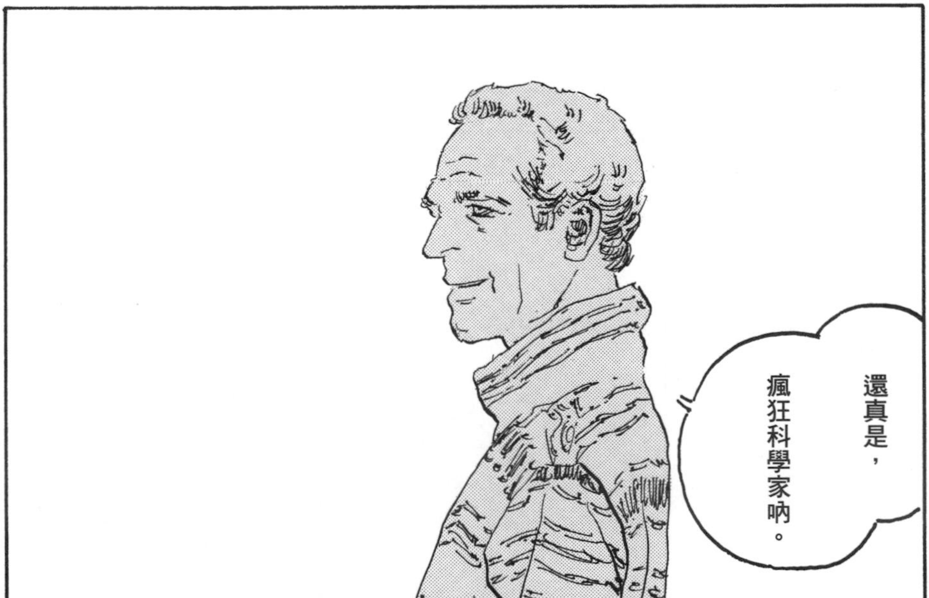
還真是，瘋狂科學家吶。

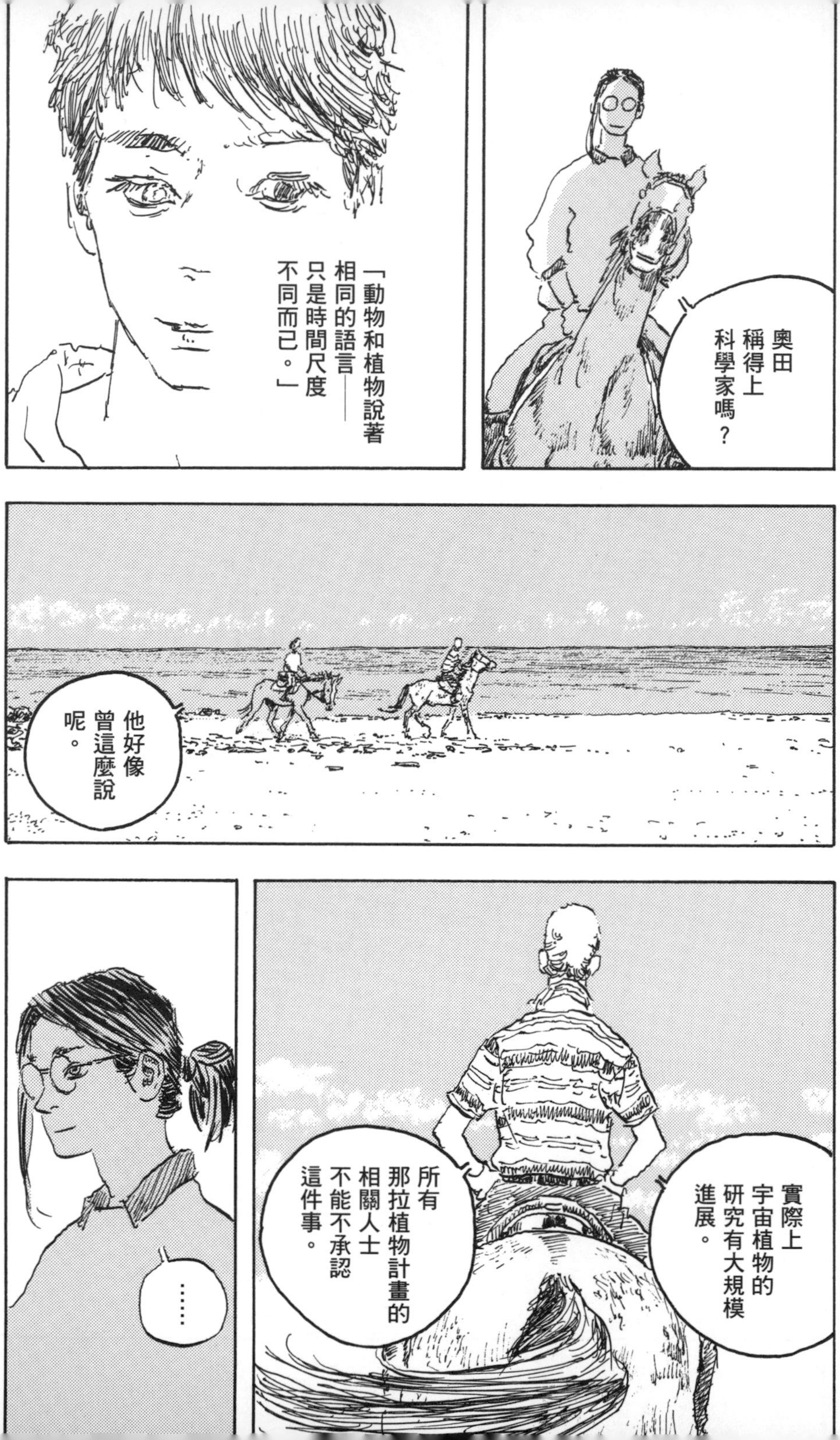

奧田稱得上科學家嗎？
「動物和植物說著相同的語言——只是時間尺度不同而已。」
他好像曾這麼說呢。
實際上宇宙植物的研究有大規模進展。
所有那拉植物計畫的相關人士不能不承認這件事。
……

維多利亞現在如何？
相當合作。
當然，
因為她還是有可能跟海豚們或是同夥的主謀有接觸，
所以仍持續監視著她。
和她有關係的人也一樣。
也就是說，我也被監視著。
是這個意思吧。

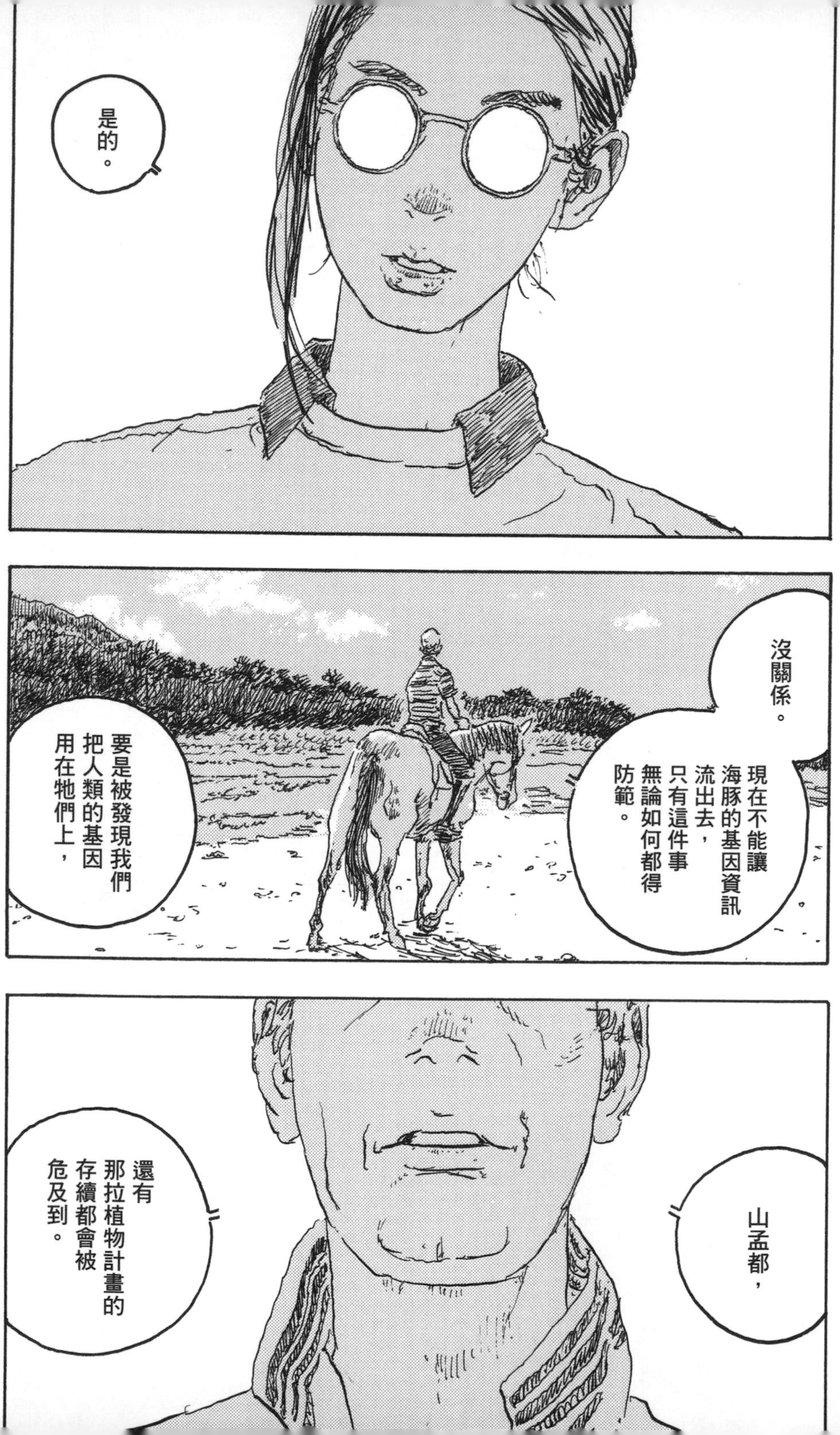
是的。
沒關係。
現在不能讓海豚的基因資訊流出去，只有這件事無論如何都得防範。
要是被發現我們把人類的基因用在牠們上，
山孟都，
還有那拉植物計畫的存續都會被危及到。

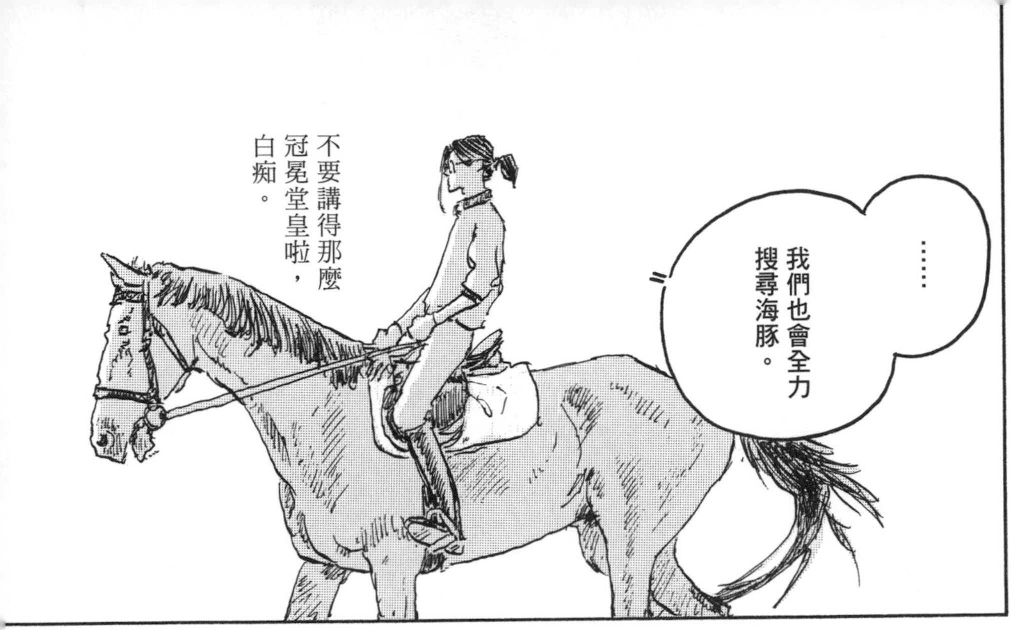
……我們也會全力搜尋海豚。
不要講得那麼冠冕堂皇啦，白痴。

這還不都是你造成的。

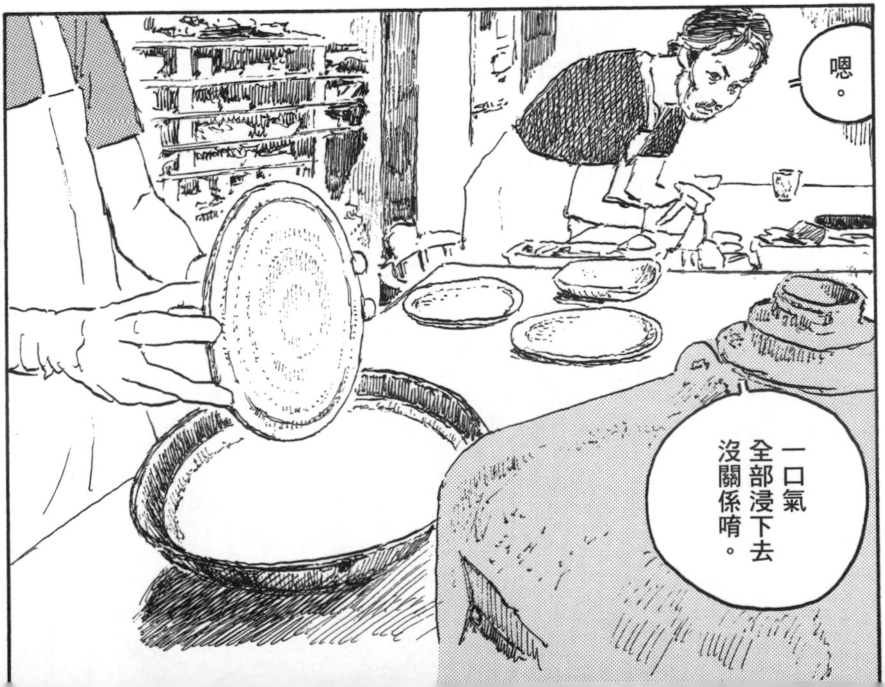
嗯。
一口氣全部浸下去沒關係唷。

對……
對，就是那樣，對。
那個釉藥燒了之後會形成玻璃質，
讓作品不容易髒又堅固。
對。好好甩乾。

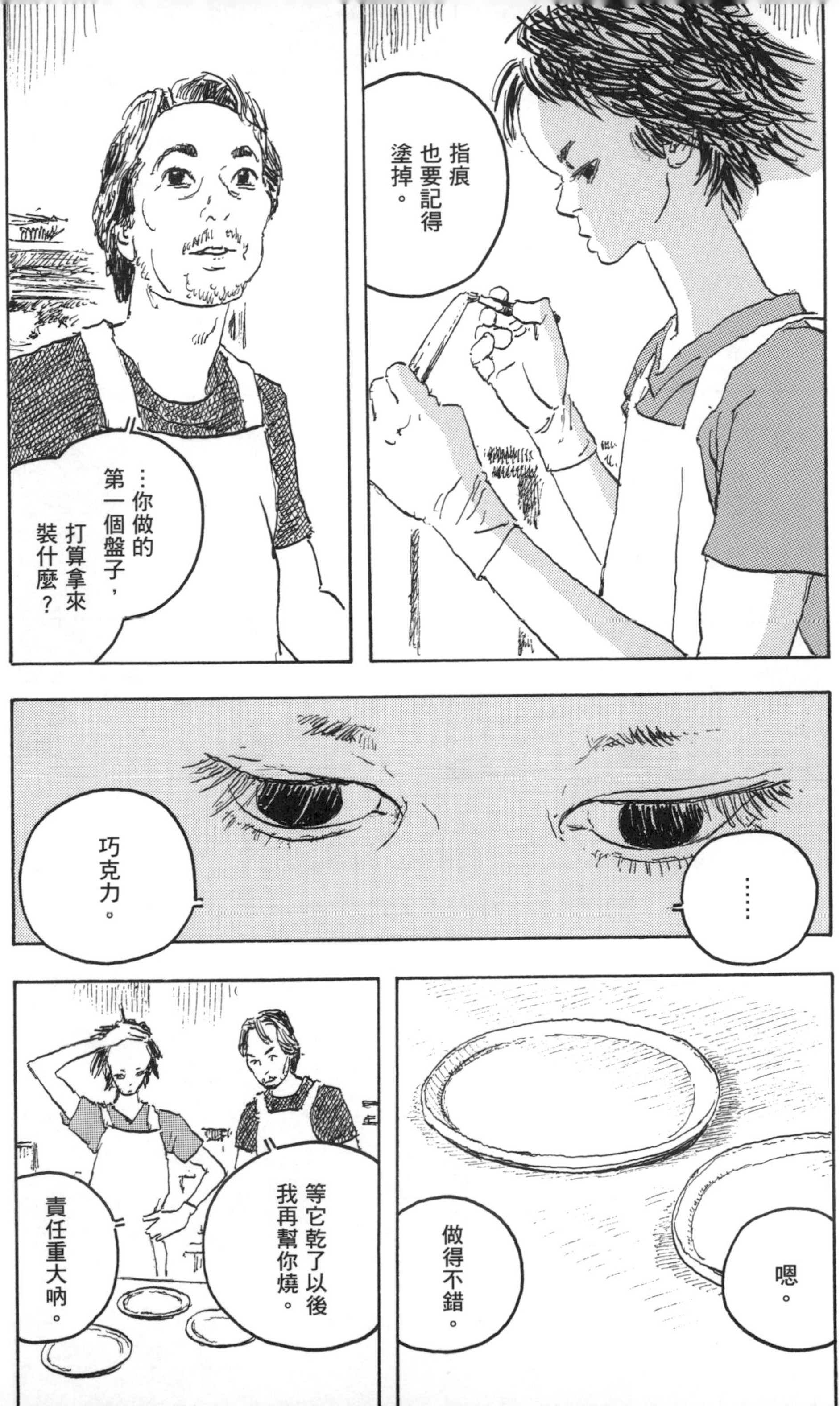
指痕也要記得塗掉。
…你做的第一個盤子，打算拿來裝什麼？
……
巧克力。
嗯。
做得不錯。
等它乾了以後我再幫你燒。
責任重大吶。

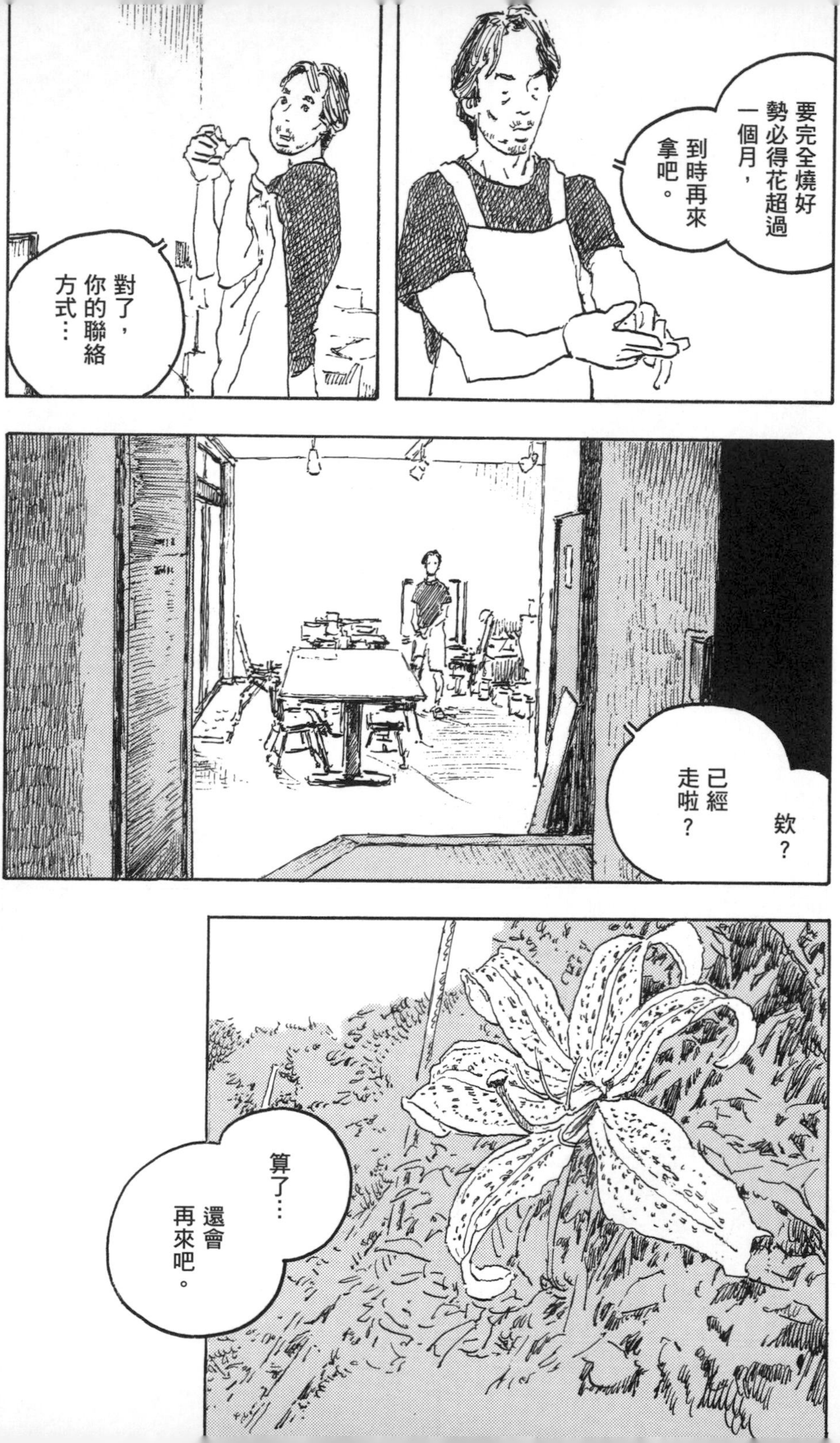
要完全燒好勢必得花超過一個月，到時再來拿吧。
對了，你的聯絡方式…
欸？已經走啦？
算了…還會再來吧。

JEN HSIN
SECURITIES CO
保成
研究所
大信證券

迷你音響
偷到了監視器的錄影。
不錯…幹得好。

什麼啊？
這是…

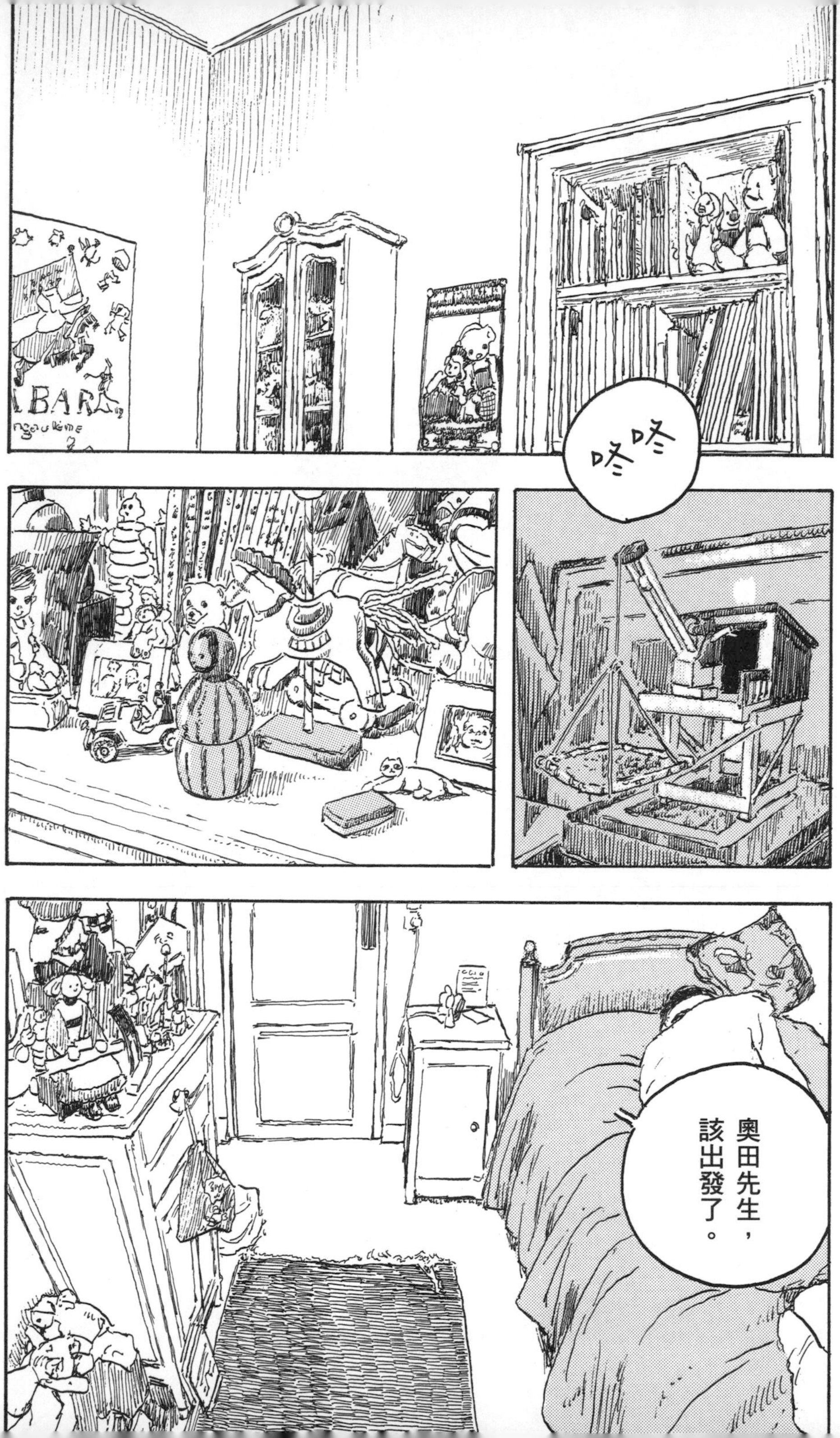
咚咚
奧田先生，該出發了。

是新的皮膚讓我看到的，
還是我單純在作夢呢？
還分不太清楚吶。

得趕快習慣
才行。

啊，
還不錯嘛？
接下來得拿到皮革了。

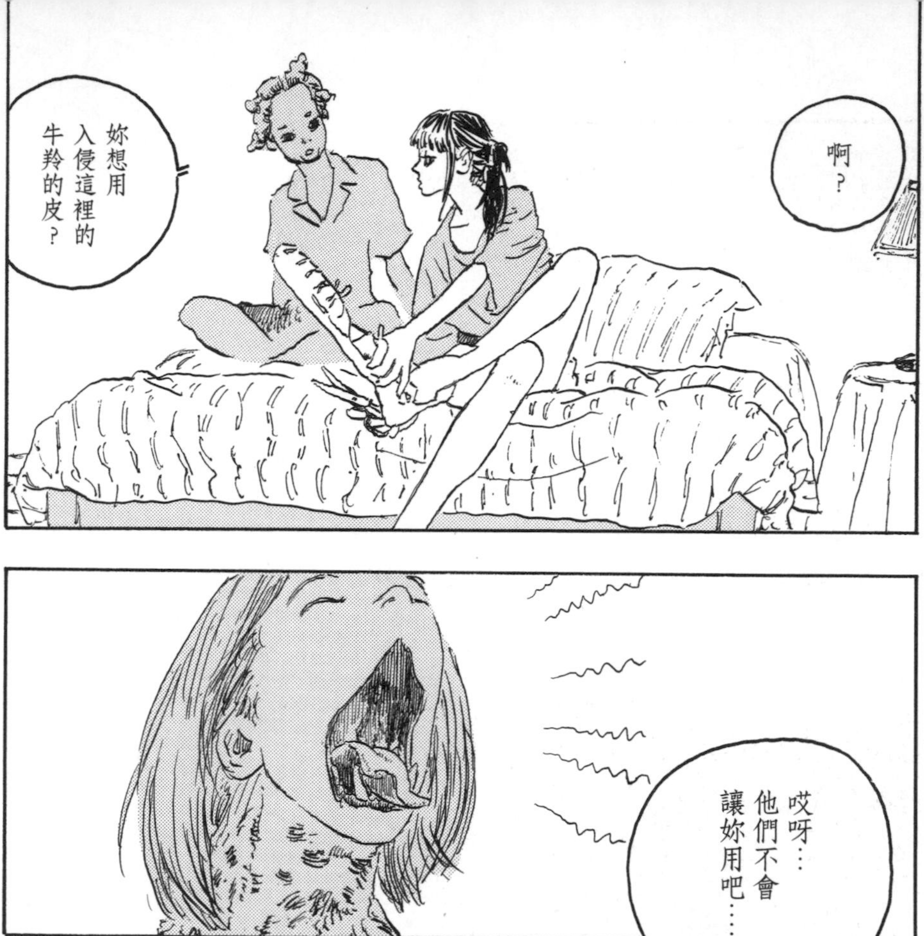

17：end

18. 鈦製的義眼怎麼樣啊？

…
痛。
痛。

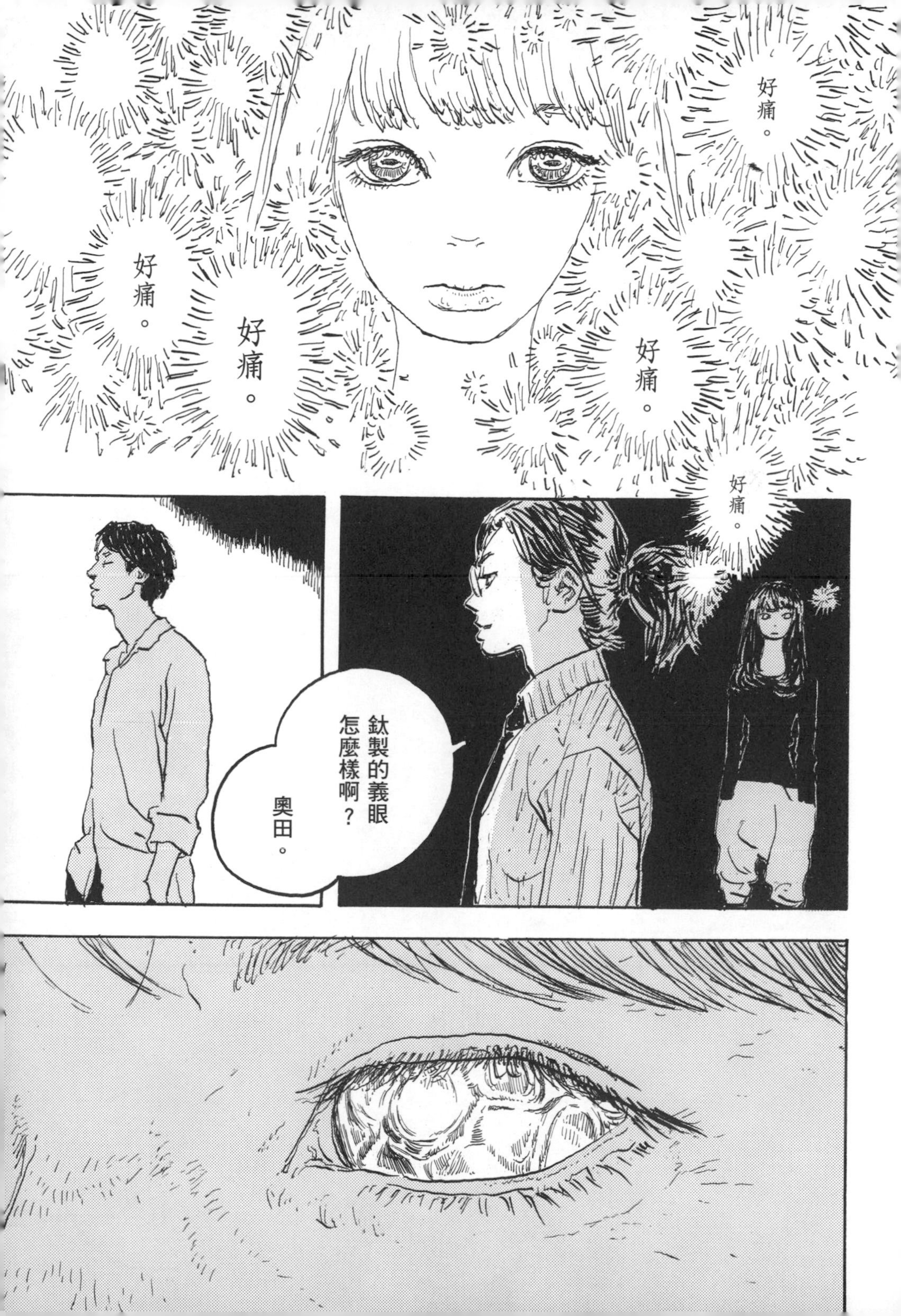
好痛。
好痛。
好痛。
好痛。
好痛。
鈦製的義眼怎麼樣啊？奧田。

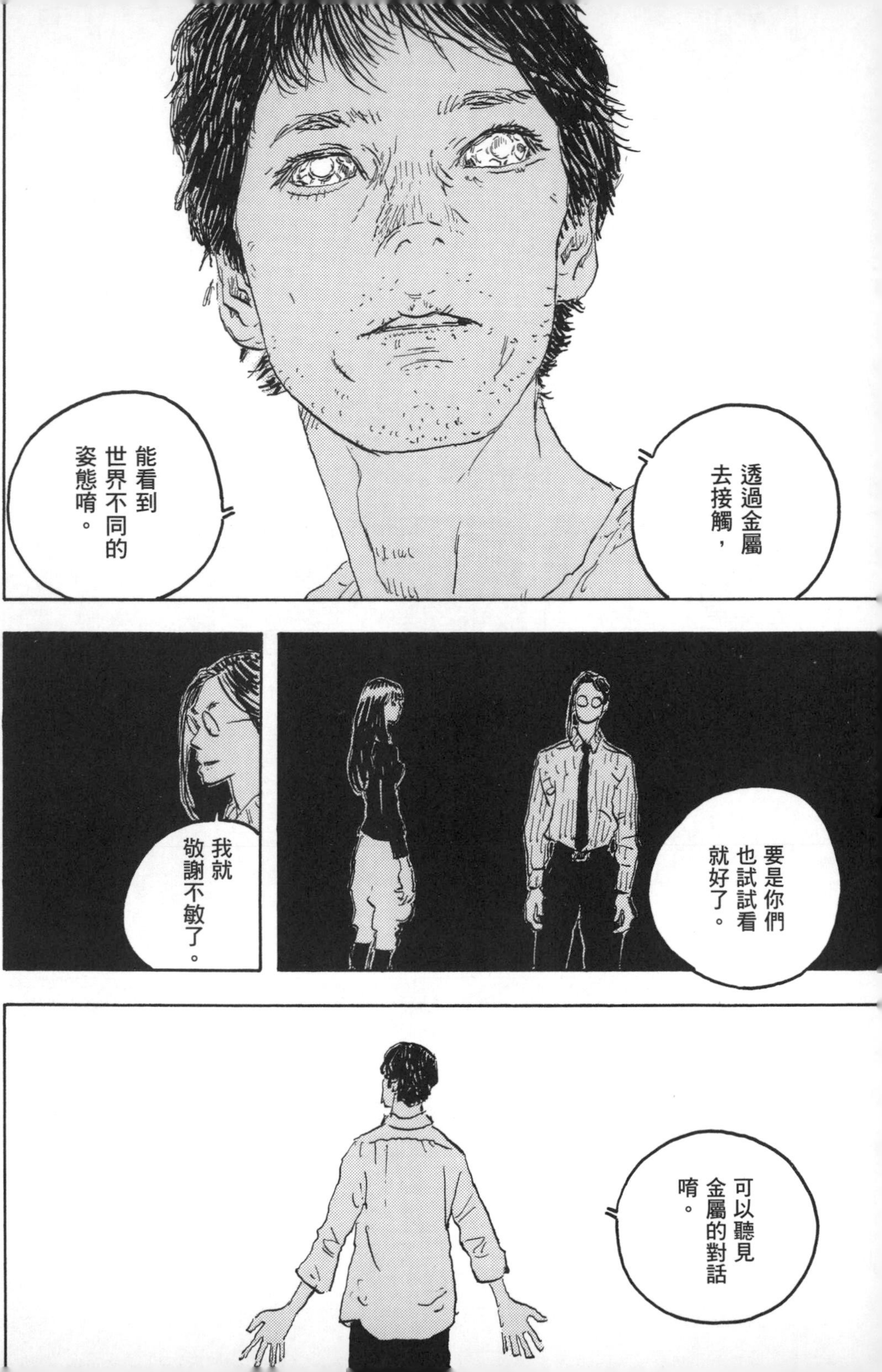
透過金屬去接觸，
能看到世界不同的姿態唷。
要是你們也試試看就好了。
我就敬謝不敏了。
可以聽見金屬的對話唷。

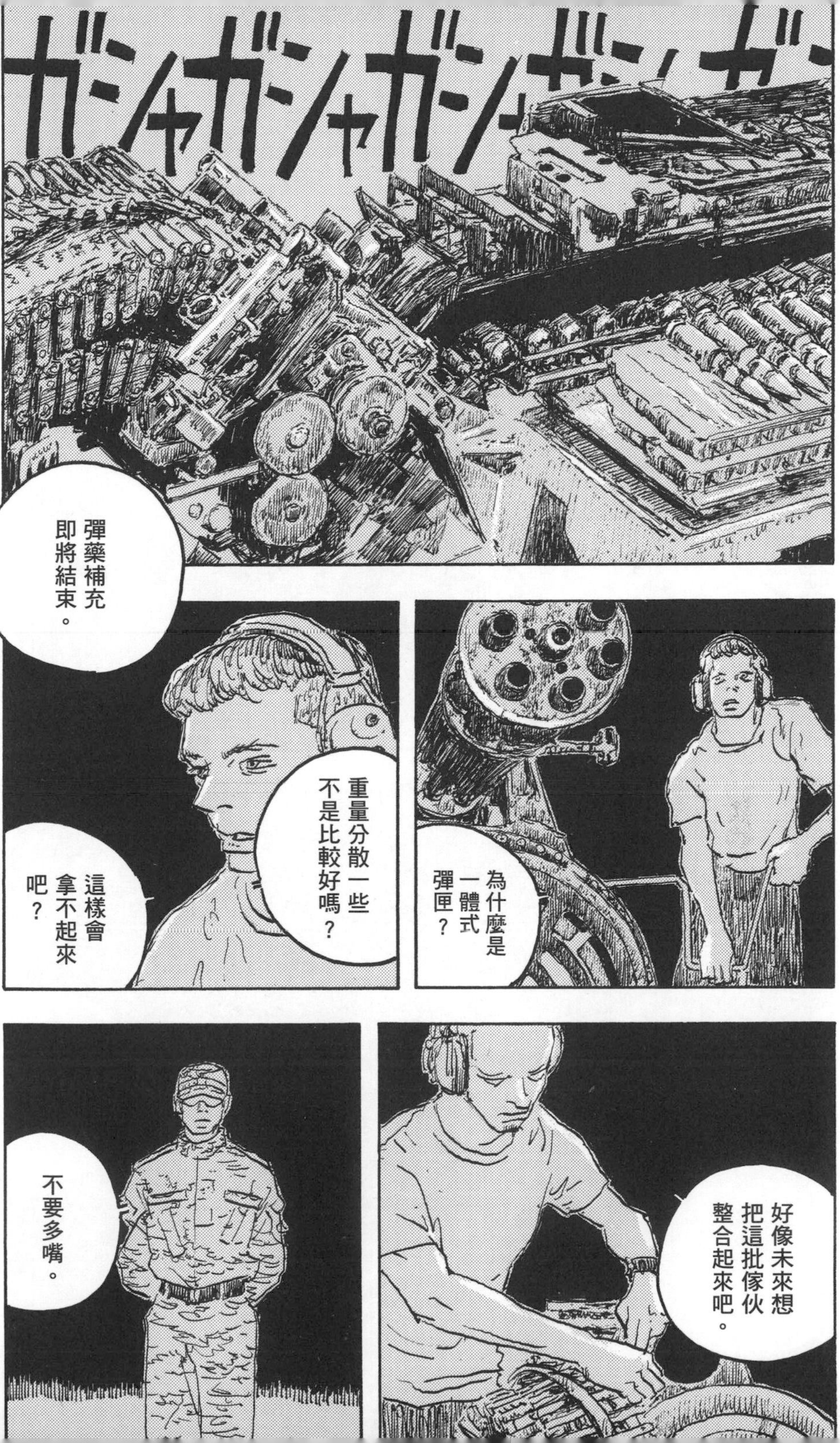

ガシャガシャガシャガ
（喀洽喀洽喀洽喀洽喀洽喀洽）
彈藥補充即將結束。
為什麼是一體式彈匣？
重量分散一些不是比較好嗎？
這樣會拿不起來吧？
好像未來想把這批傢伙整合起來吧。
不要多嘴。

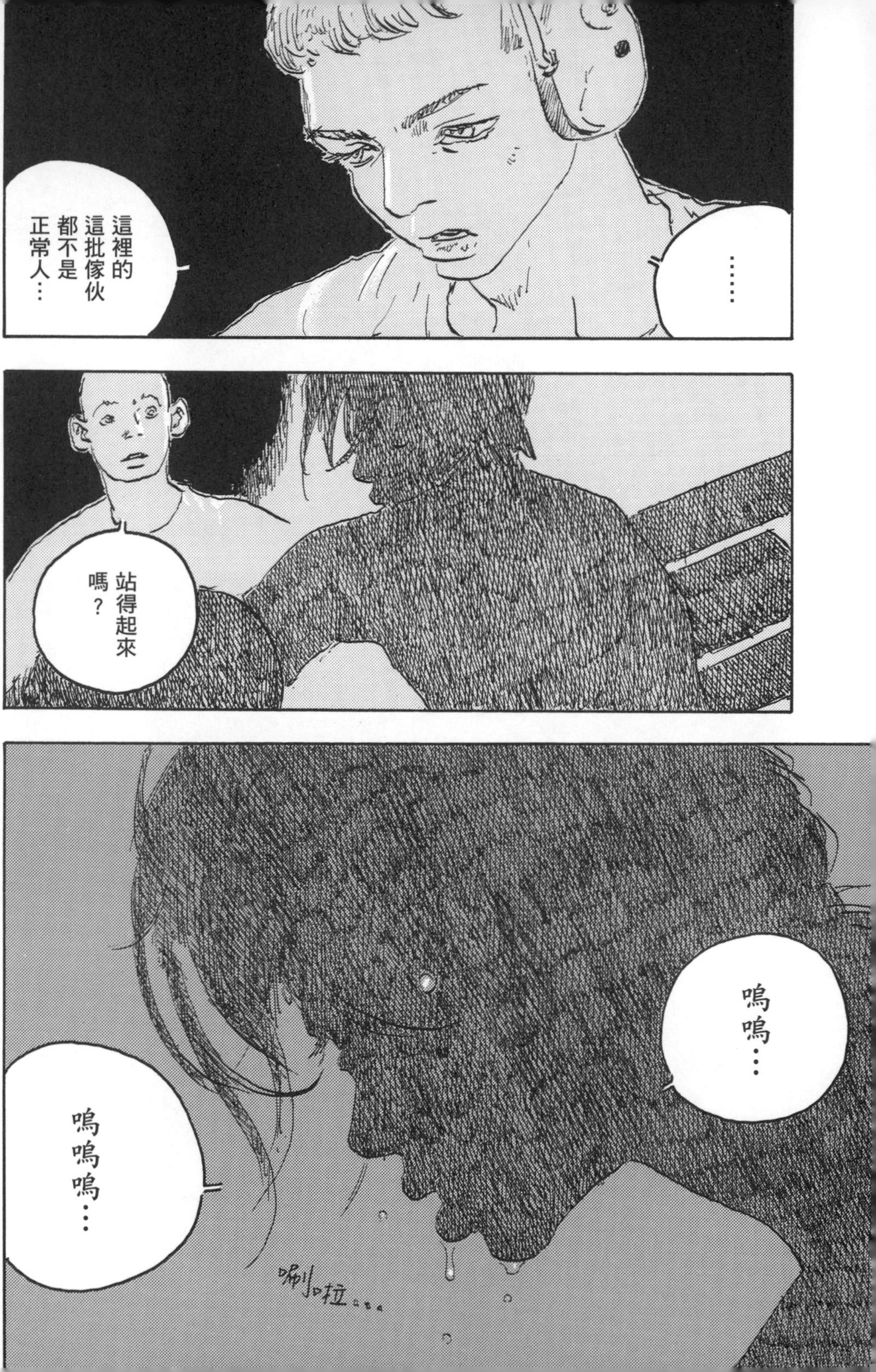
……
這裡的這批傢伙都不是正常人…
站得起來嗎？
嗚嗚…
嗚嗚嗚…
唰啦…

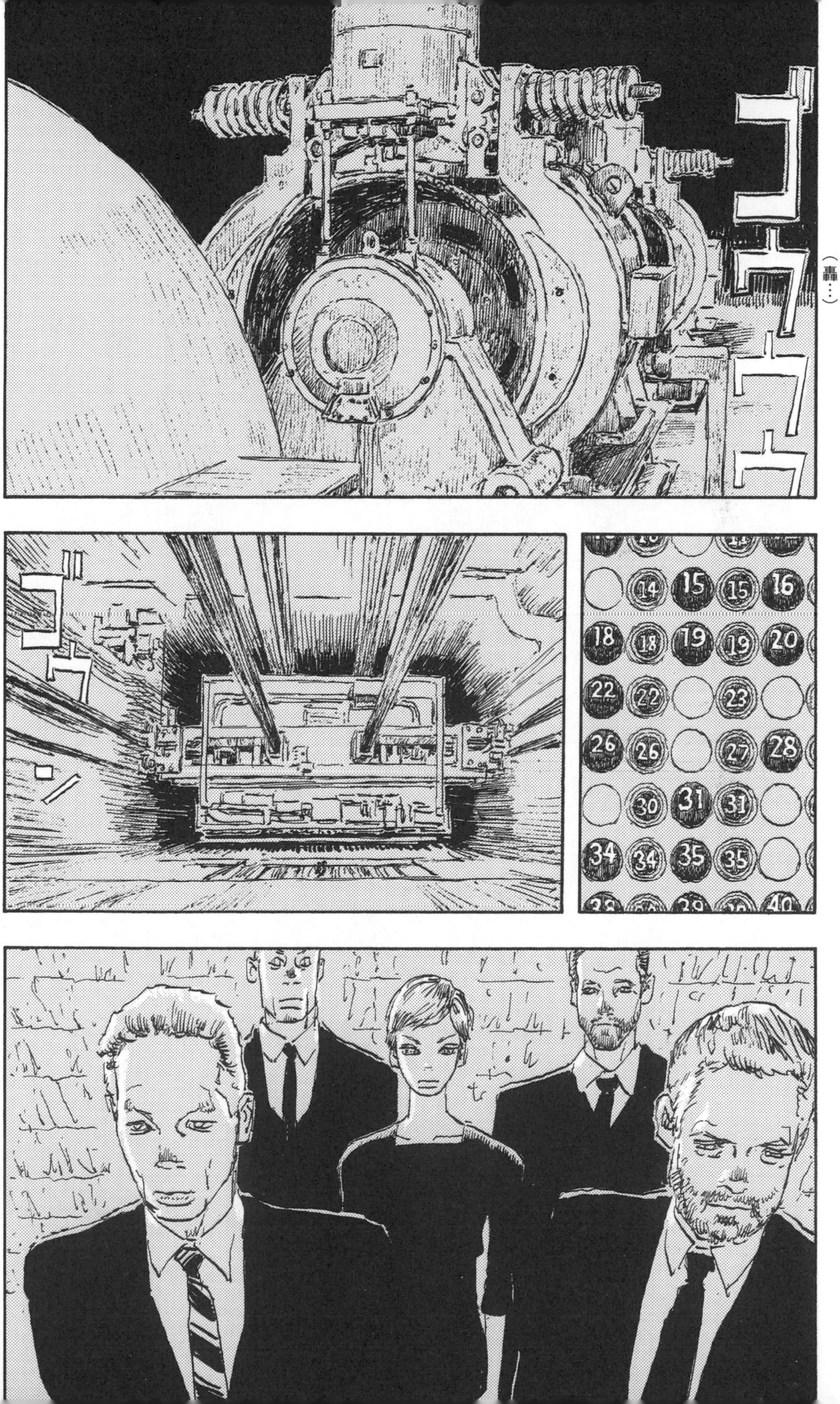
（轟…）
（轟…）

45
No.4

看來精神不錯唷，維多利亞。
…這麼初階的實驗，你居然還特地過來？
妳還不是來了。
以我的立場，我現在畢竟還有責任。

實驗即將開始，請作業員退避到場外。

原來是在保護奧田啊。
不會保護得太過頭了嗎？

因為有像妳一樣的人呀。
奧田的精神很容易受人家的話影響。
奧田不會拒絕他人的「請託」。這妳知道吧？
那是他可愛的地方，但是有群人會趁虛而入。
這是他大腦的特徵。
妳是那樣教他的嗎？
我是利用過他的那種傾向，但不是我教的，是他原本的個性特質喔。
也就是一開始就那樣設計的囉。
妳已經調查過了吧？

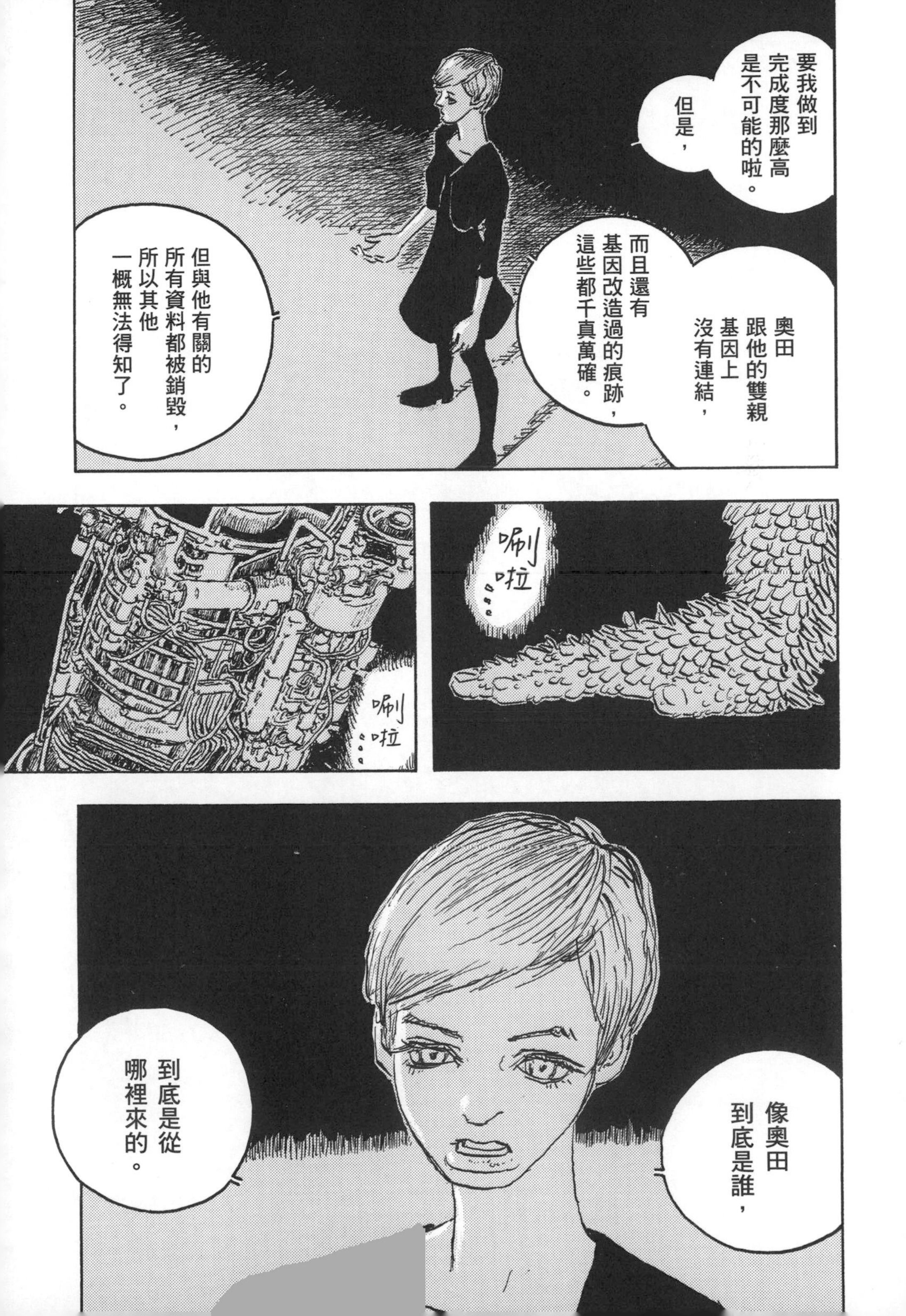
要我做到完成度那麼高是不可能的啦。
但是，
奧田跟他的雙親基因上沒有連結，
而且還有基因改造過的痕跡，這些都千真萬確。
但與他有關的所有資料都被銷毀，所以其他一概無法得知了。
唰啦…
唰啦…
像奧田到底是誰，
到底是從哪裡來的。

唰啦…
嗚嗚嗚…

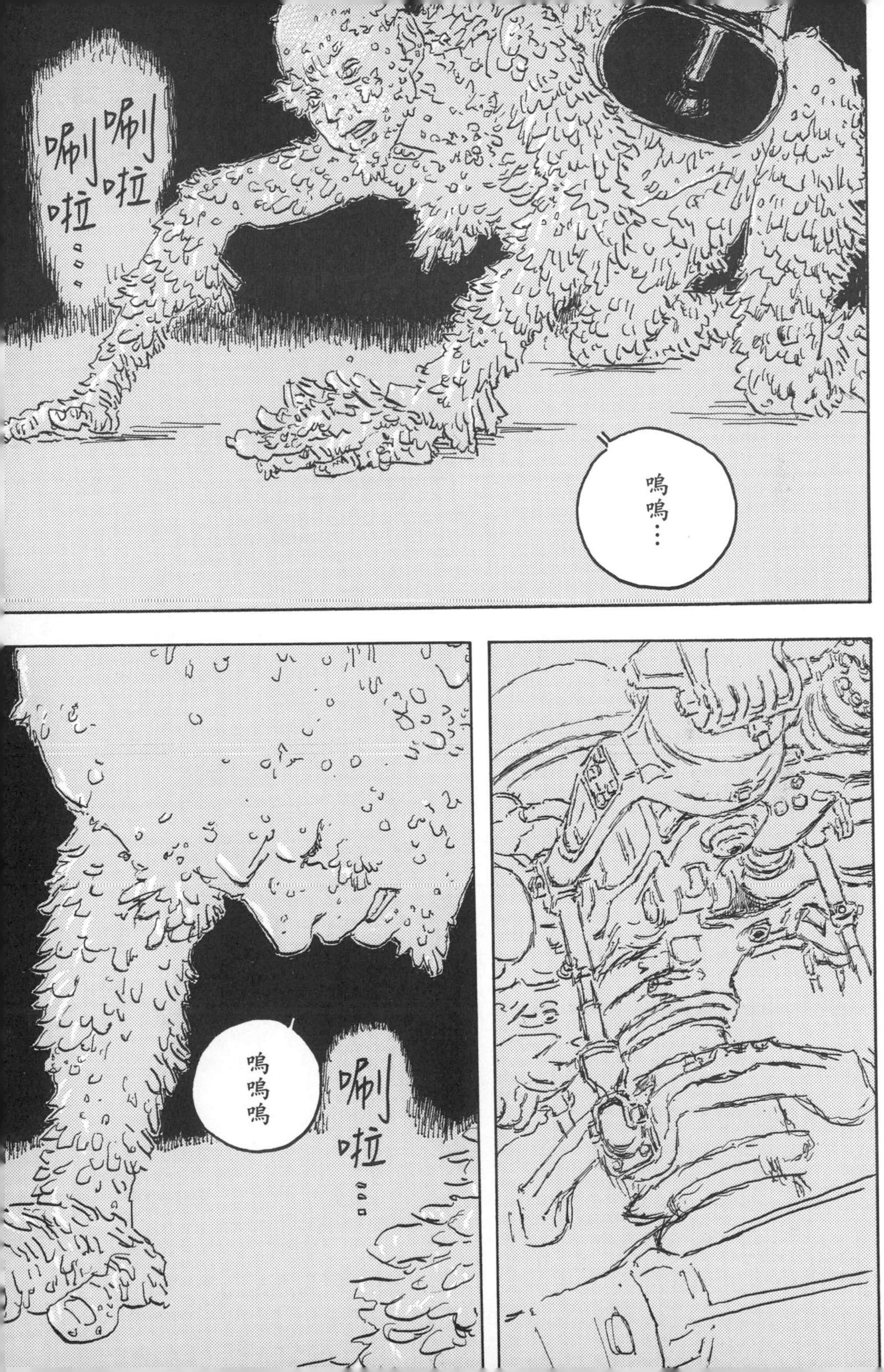
嗚嗚……
唰啦唰啦……
嗚嗚嗚
唰啦……

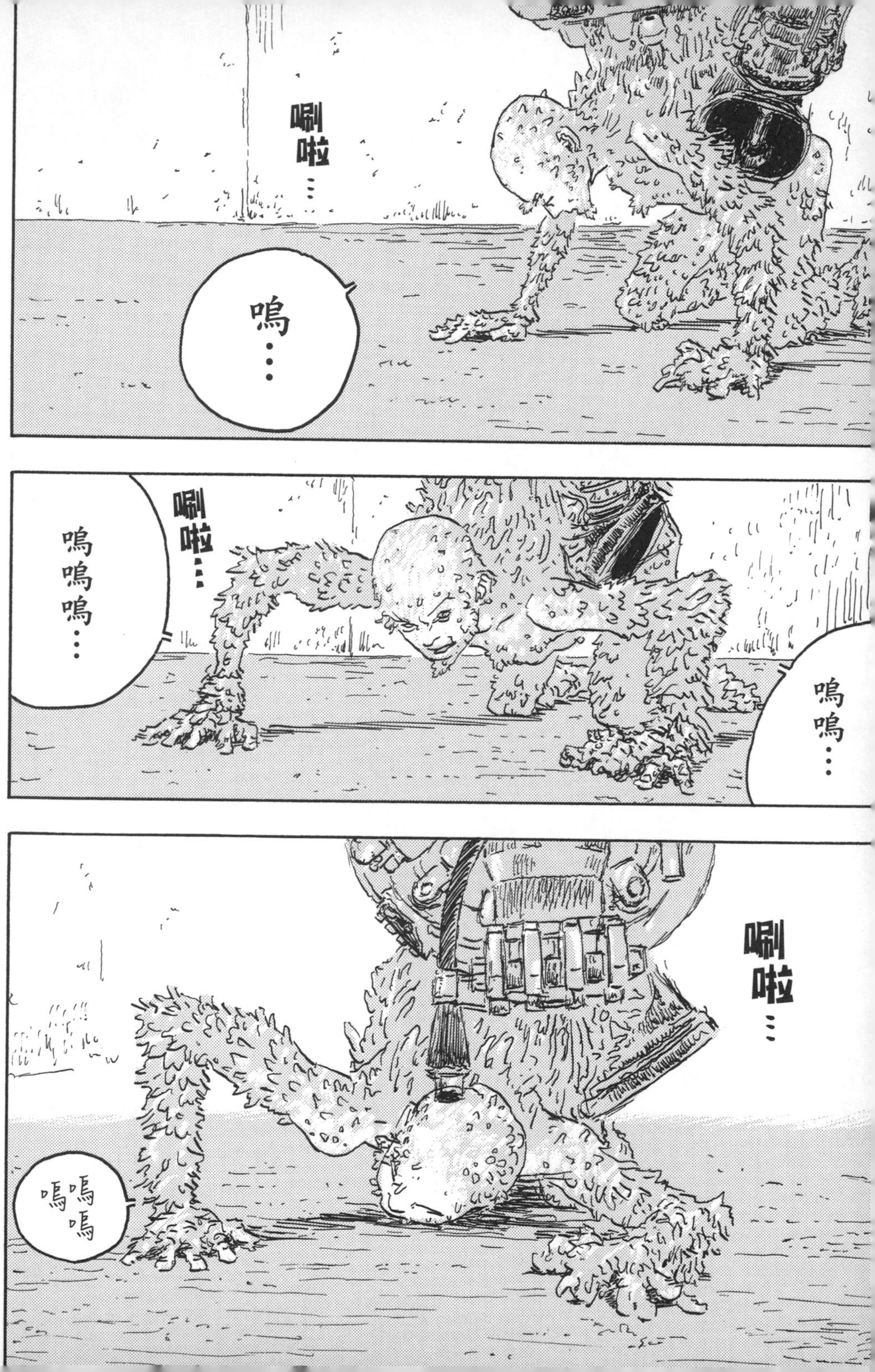
唰啦……
嗚……
嗚嗚……
唰啦……
嗚嗚嗚……
唰啦……
嗚嗚嗚

嗚……
阿系庫斯a-6活動停止。
怎麼只有兩隻？
資料上寫說有六隻啊？
離開研究所時本來都還活著，

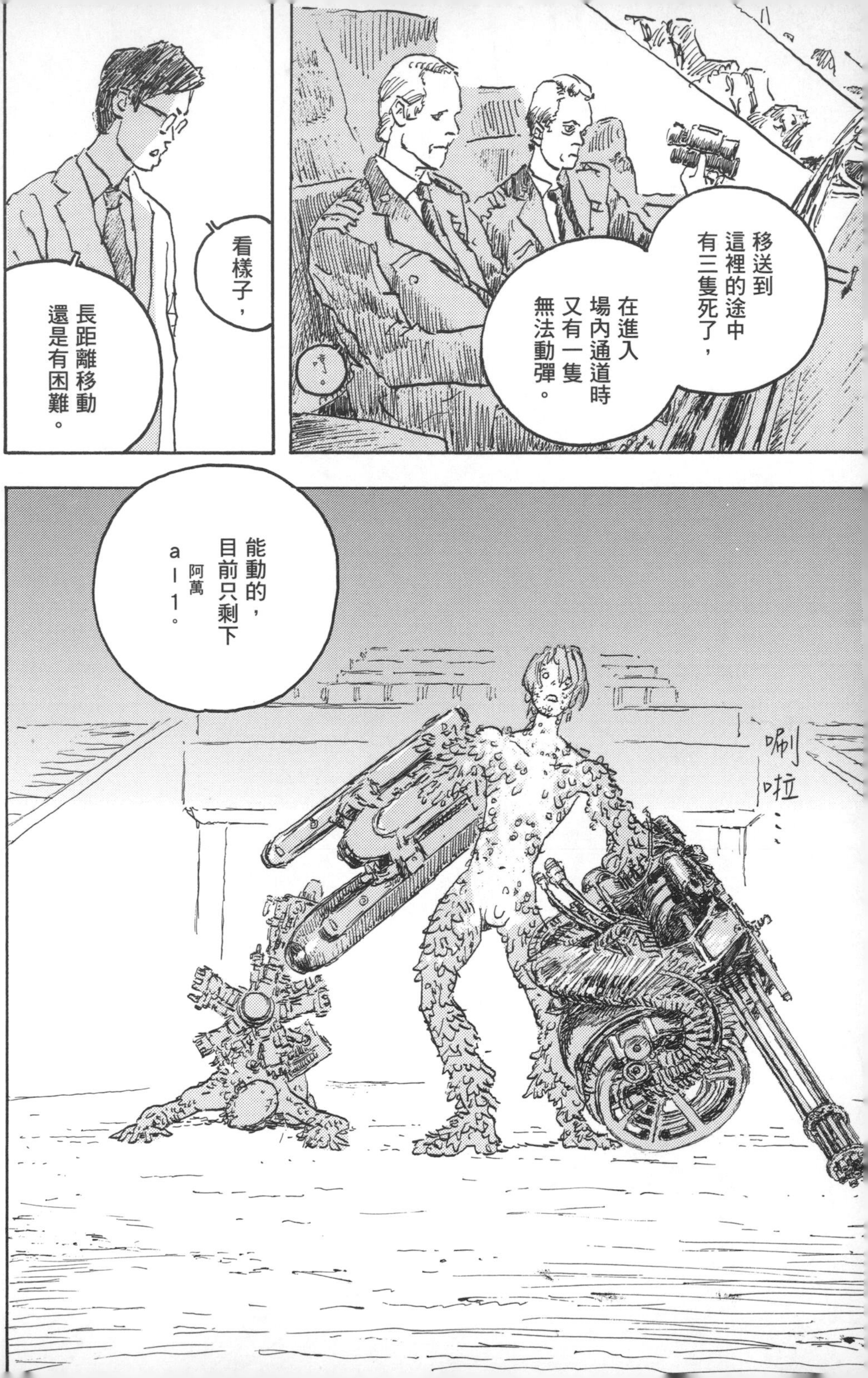
移送到這裡的途中有三隻死了，
在進入場內通道時又有一隻無法動彈。
哼。
看樣子，
長距離移動還是有困難。
能動的，目前只剩下a—1（阿萬）。
唰啦……

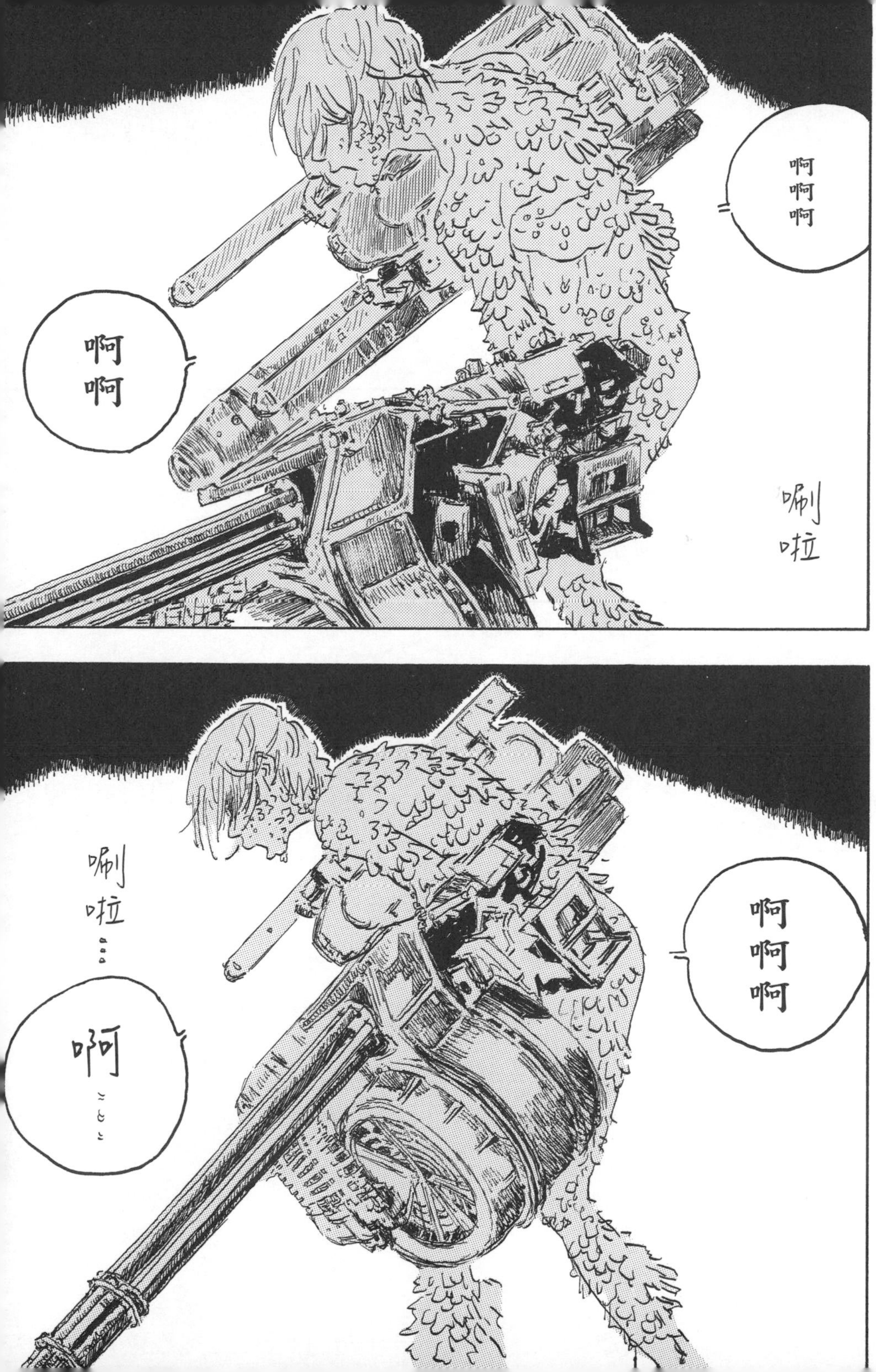
啊啊啊
啊啊
唰啦
啊啊啊
唰啦……
啊

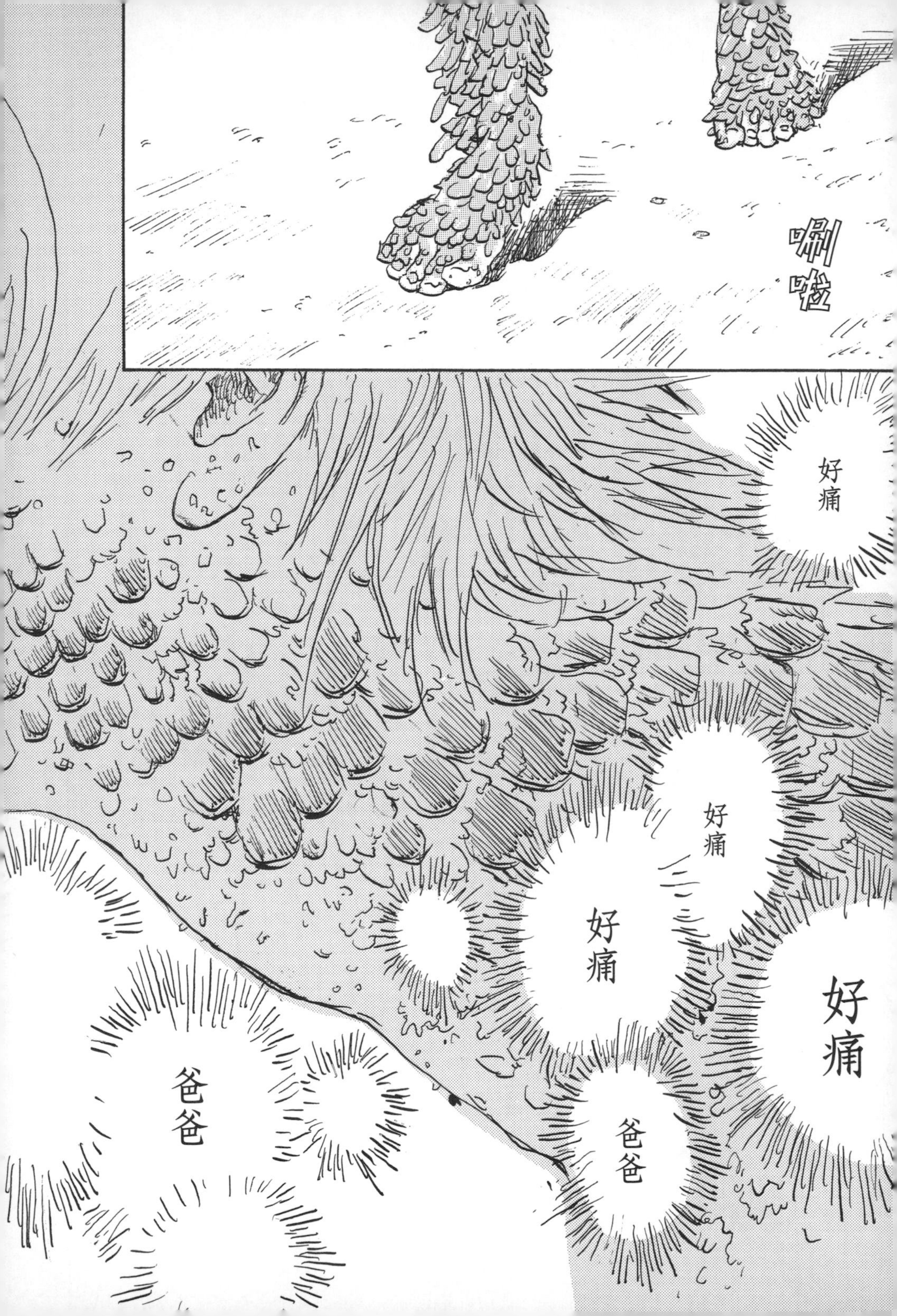
唰啦
好痛
好痛
好痛
好痛
爸爸
爸爸

爸爸
好痛
好痛
好痛
好痛
爸爸
好痛
好痛
啊啊啊啊……

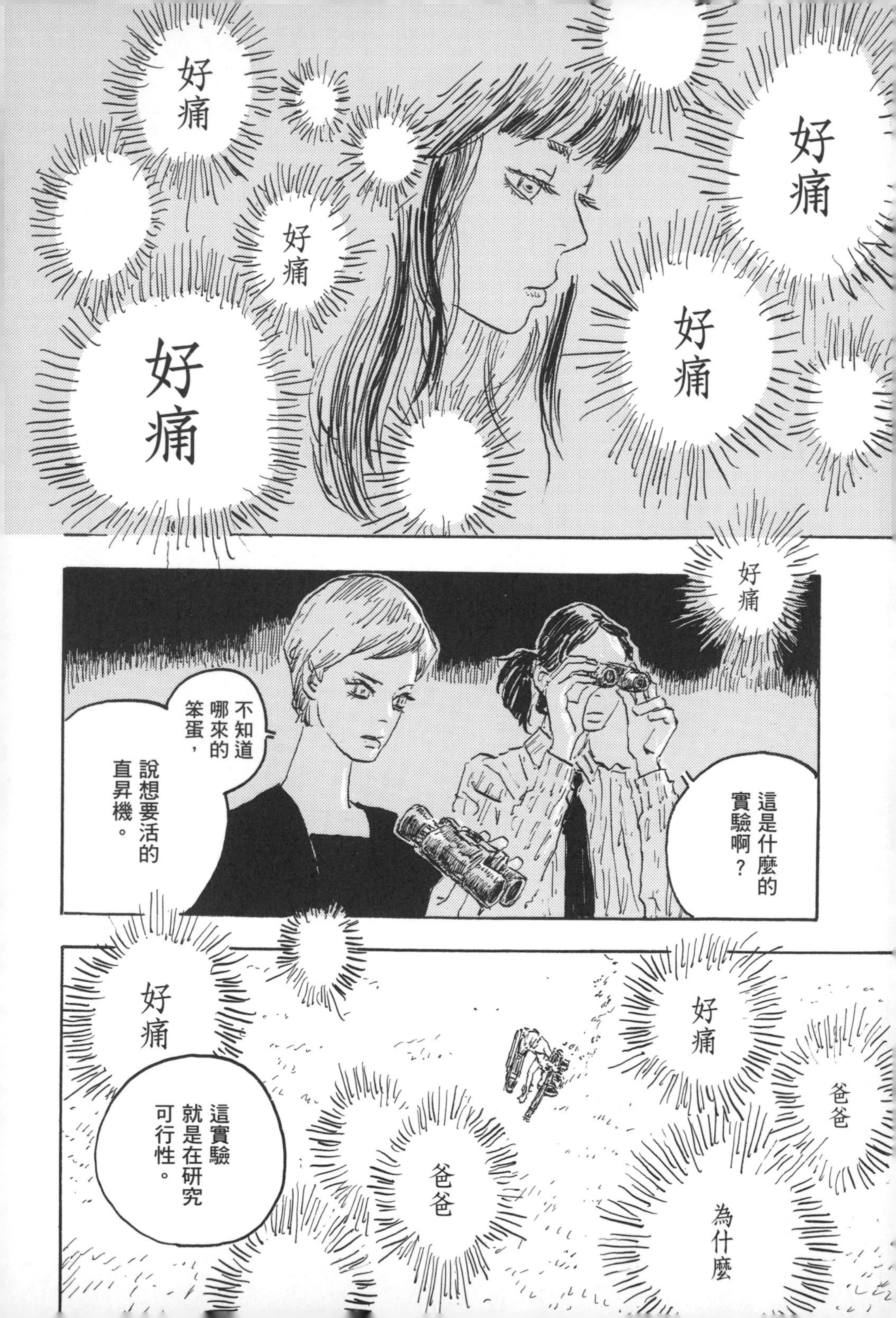
好痛
好痛
好痛
好痛
好痛
好痛
這是什麼的實驗啊？
不知道哪來的笨蛋，說想要活的直昇機。
爸爸
為什麼
好痛
爸爸
好痛
這實驗就是在研究可行性。

好痛
為什麼
為什麼
好痛
好痛
好痛
爸爸
為什麼
好痛
啊啊
啊啊
爸爸
為什麼

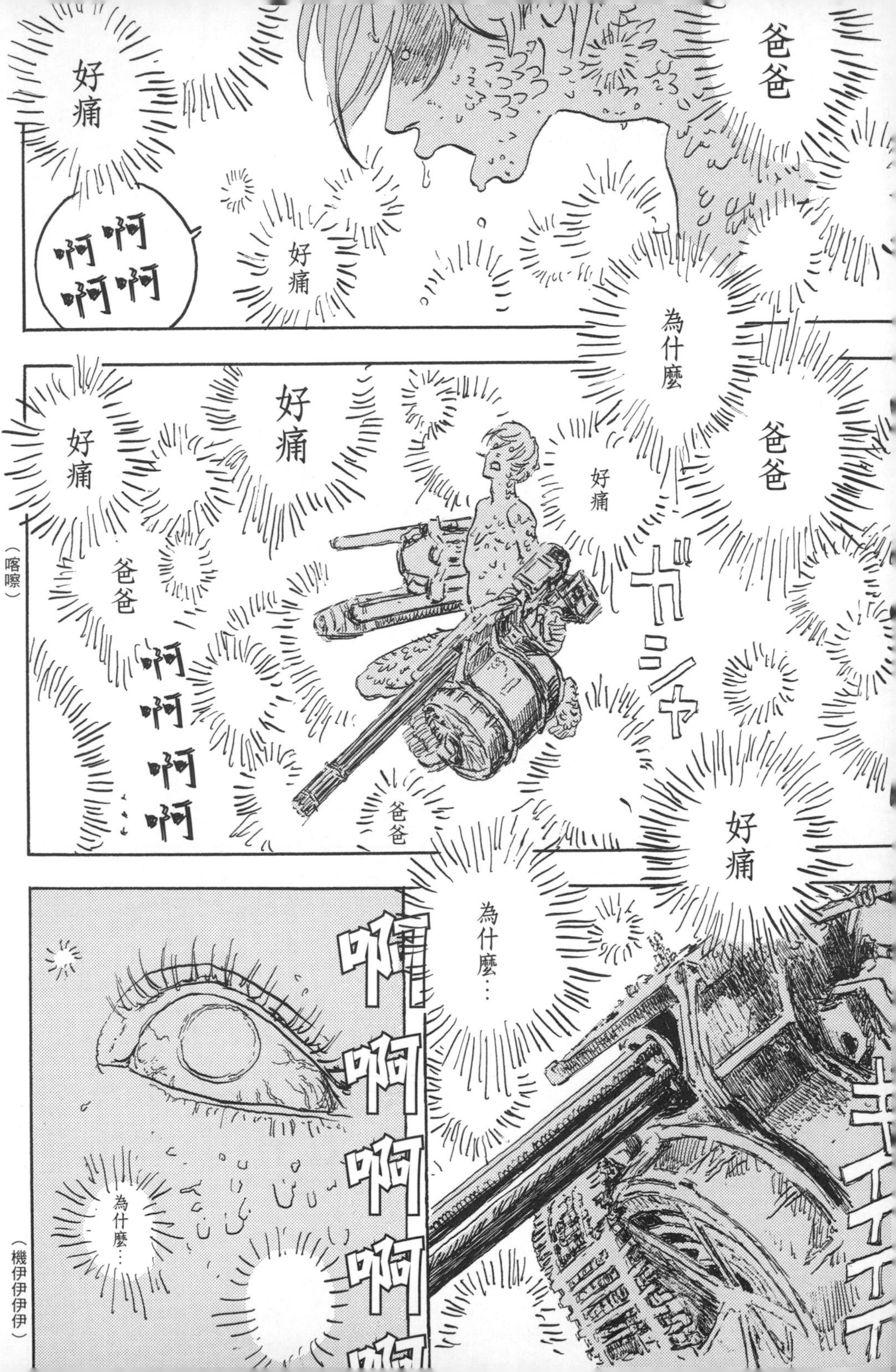
爸爸
好痛
啊啊啊啊
好痛
為什麼
爸爸
好痛
好痛
好痛
爸爸
ガシャ
啊啊啊啊……
爸爸
（喀嚓）
好痛
為什麼……
啊啊啊啊啊
為什麼……
キイイイイ
（機伊伊伊伊）

（喀嚓）
ガチッ
啊啊 啊啊
啊啊 啊啊
啊啊
ドドドドドドド
（噠噠噠噠噠噠噠噠
噠噠噠噠噠噠噠噠）
ドドドドドドドドドド
啊啊啊 啊啊啊 啊啊啊 啊啊啊 啊啊啊 啊啊啊 啊啊啊

（噠噠噠噠噠）

（噠噠噠）

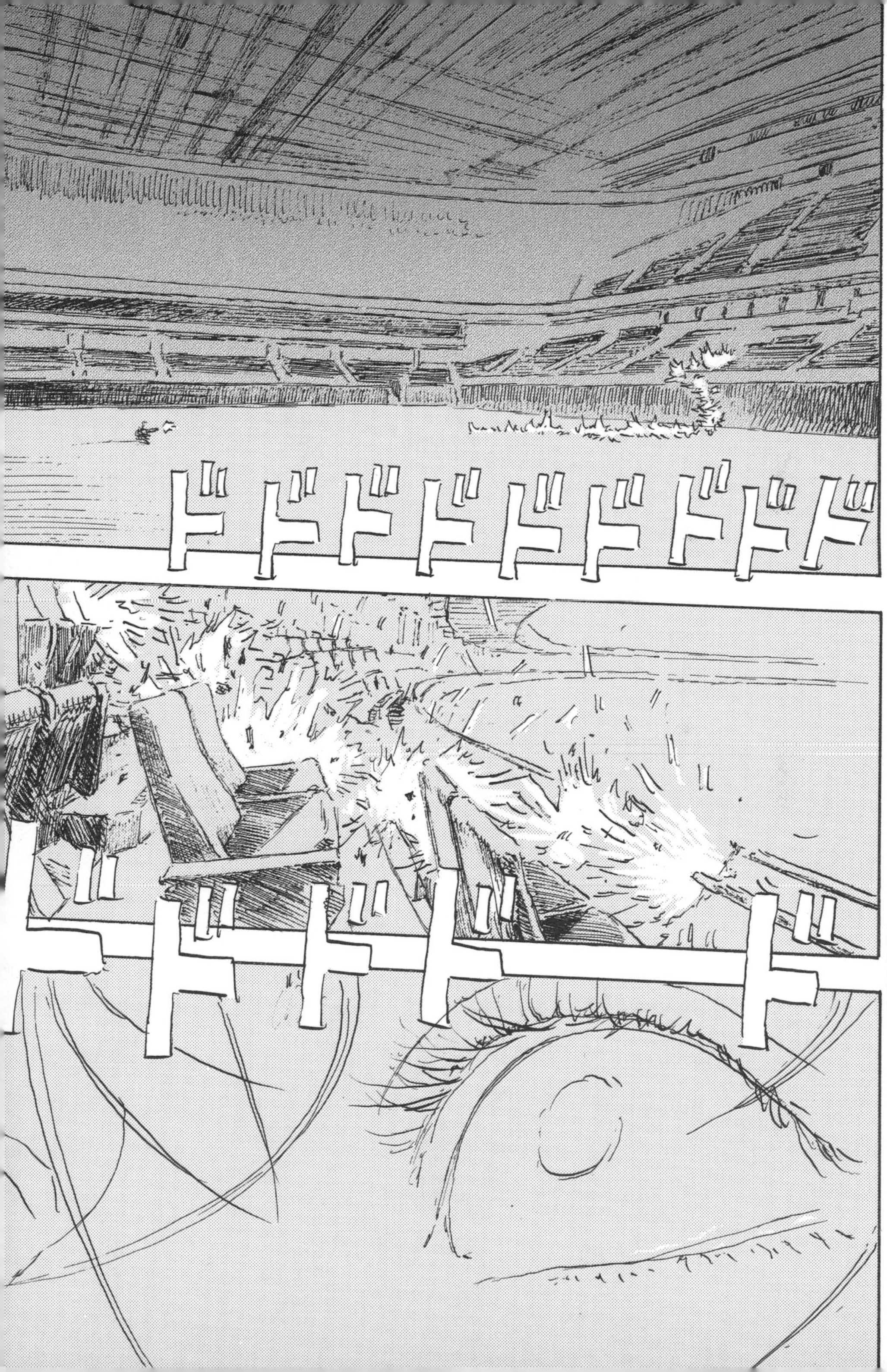
ドドドドドドドドド
（噠噠噠噠噠噠噠噠噠）
ドドドドド
（噠噠噠噠噠）

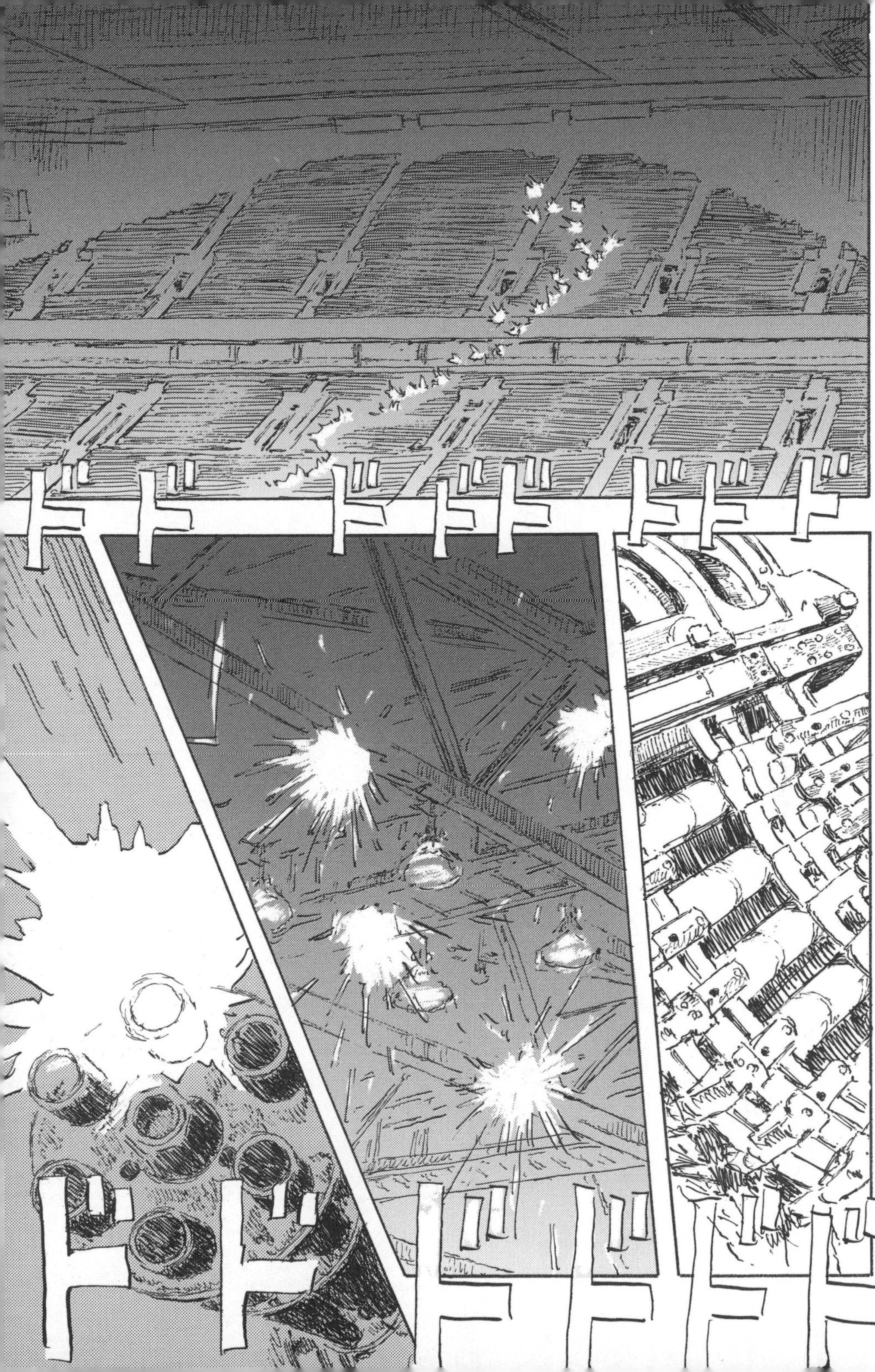

（噠噠噠噠噠噠噠噠）

（噠噠噠噠噠噠）

（噠噠噠）
（噠噠）

（噠噠噠）
潔絲敏……

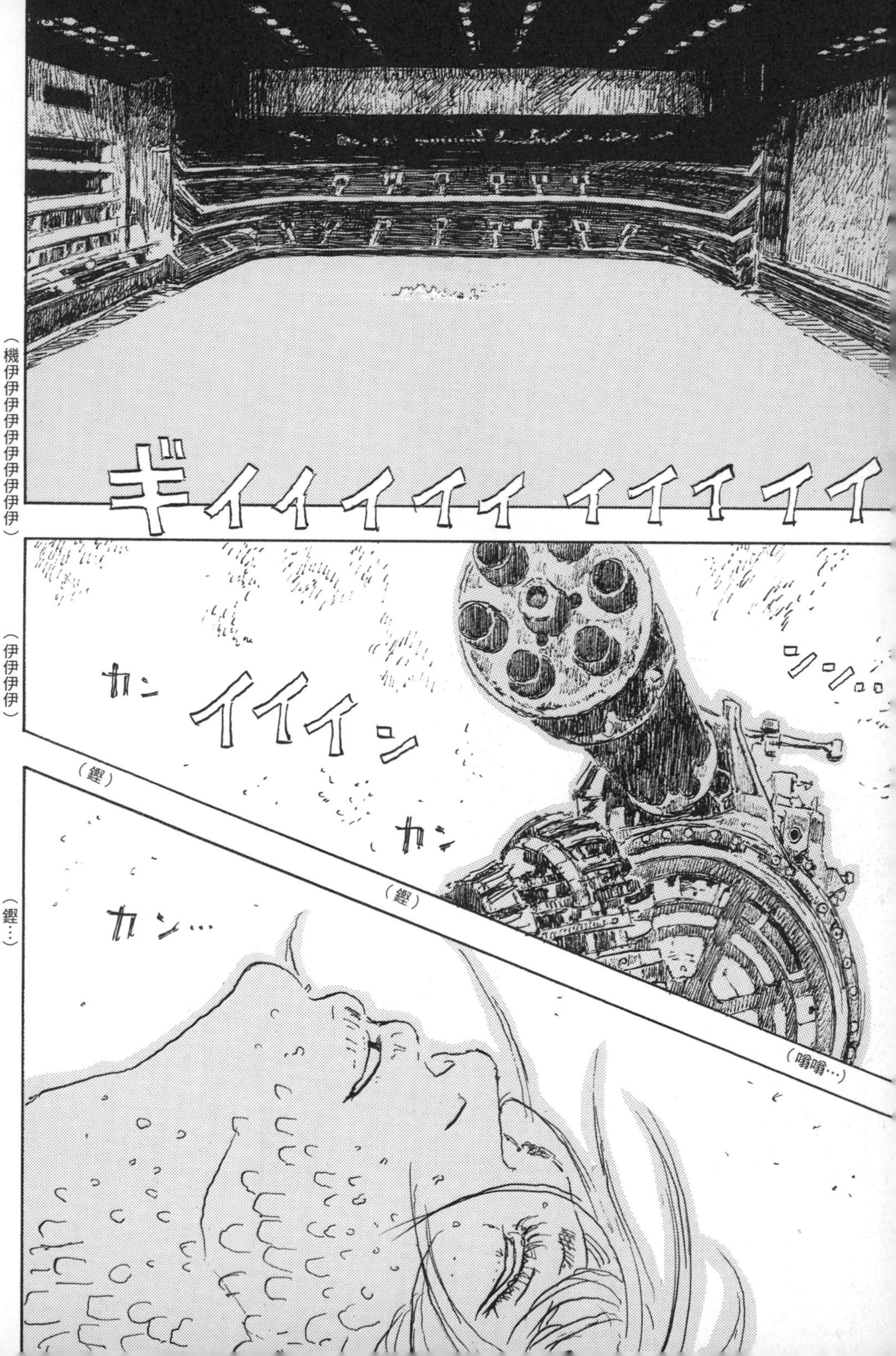
ギイイイイイ イイイイイ
（機伊伊伊伊伊伊伊伊伊伊伊）
カン イイイン
（伊伊伊伊）
（鏗）
カン
（鏗）
（嗡嗡…）
カン…
（鏗…）

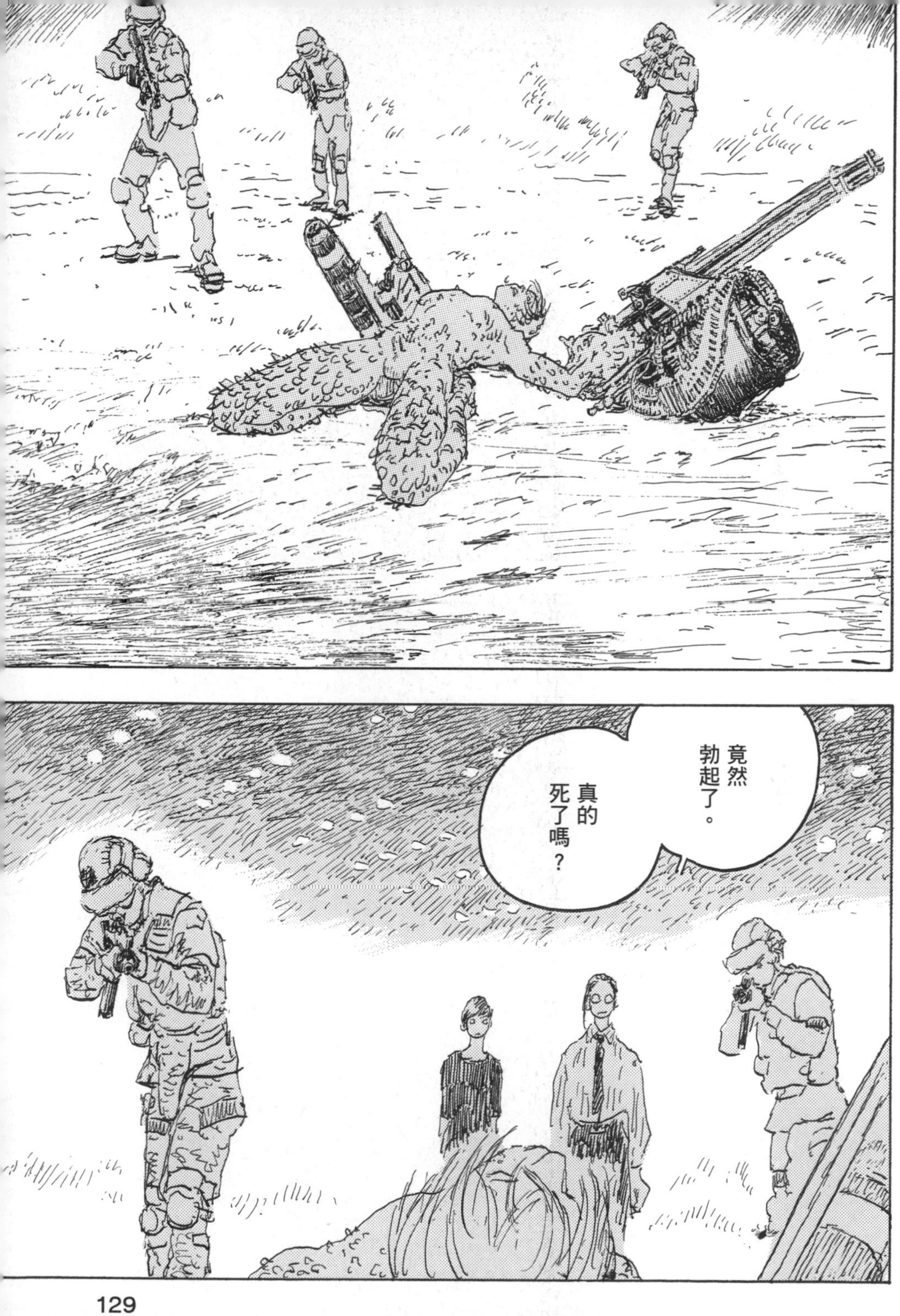
竟然勃起了。
真的死了嗎？

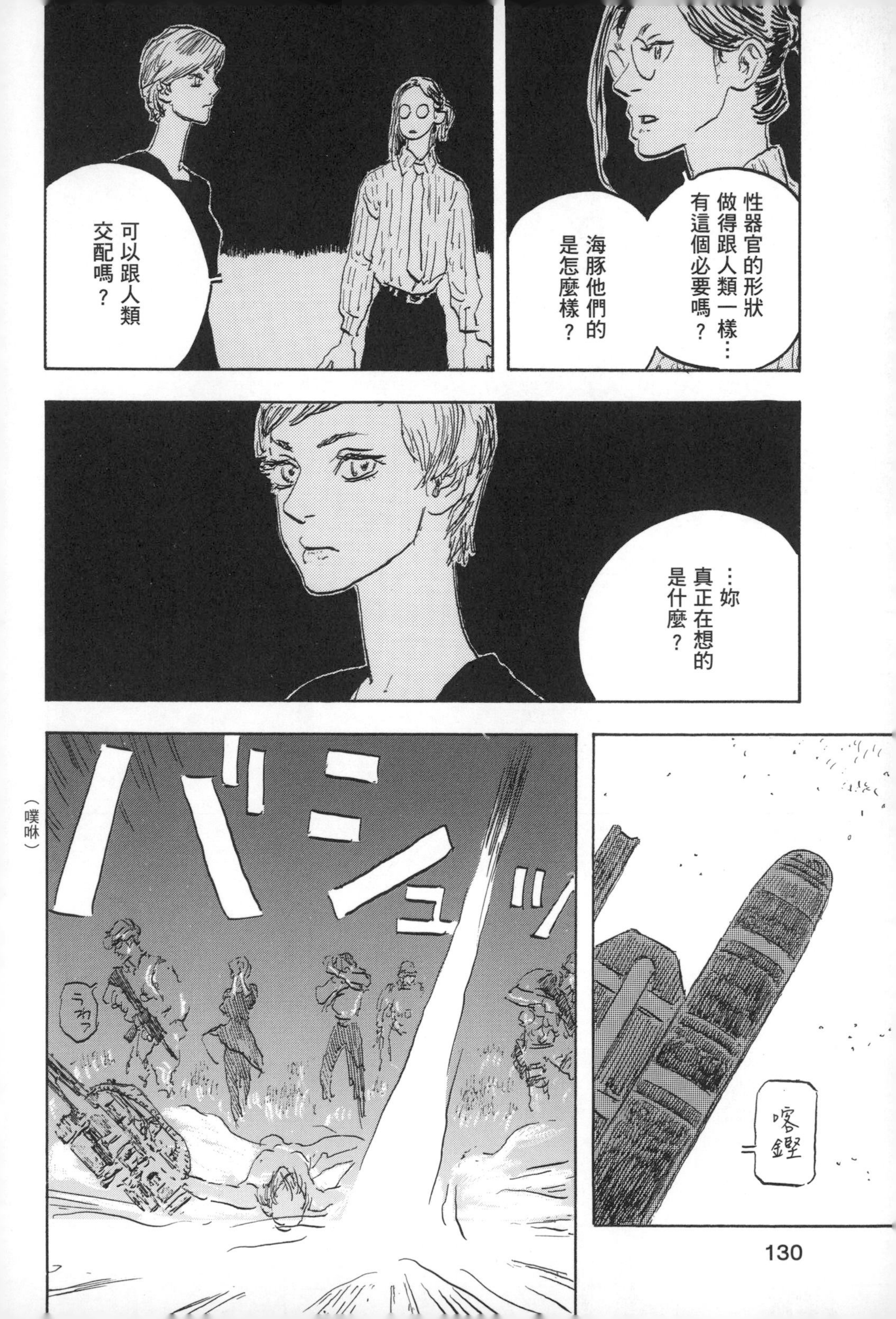
性器官的形狀做得跟人類一樣……有這個必要嗎？
海豚他們的是怎麼樣？
可以跟人類交配嗎？
……妳真正在想的是什麼？
喀鏗
バシュッ
（噗咻）

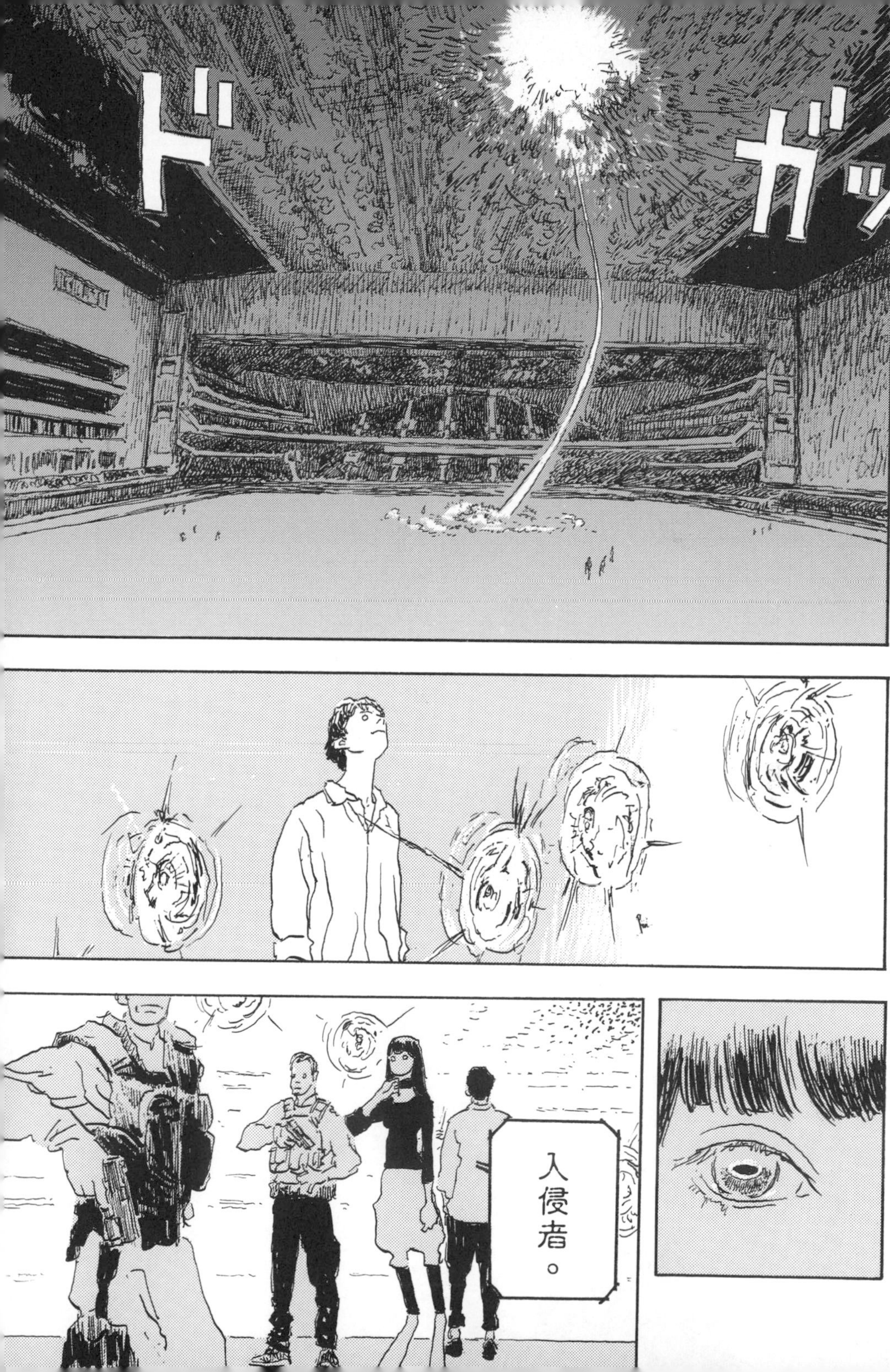

（爆炸）
ドガッ
入侵者。

這到底是……

誰的計畫？

我……
只不過是其中的一部分嗎？
趴下！
（喀啦）
ガァーン
（轟）
ゴン

有人受傷嗎？
回答啊！
！
槍傷？
啊。

哎唷喂⋯

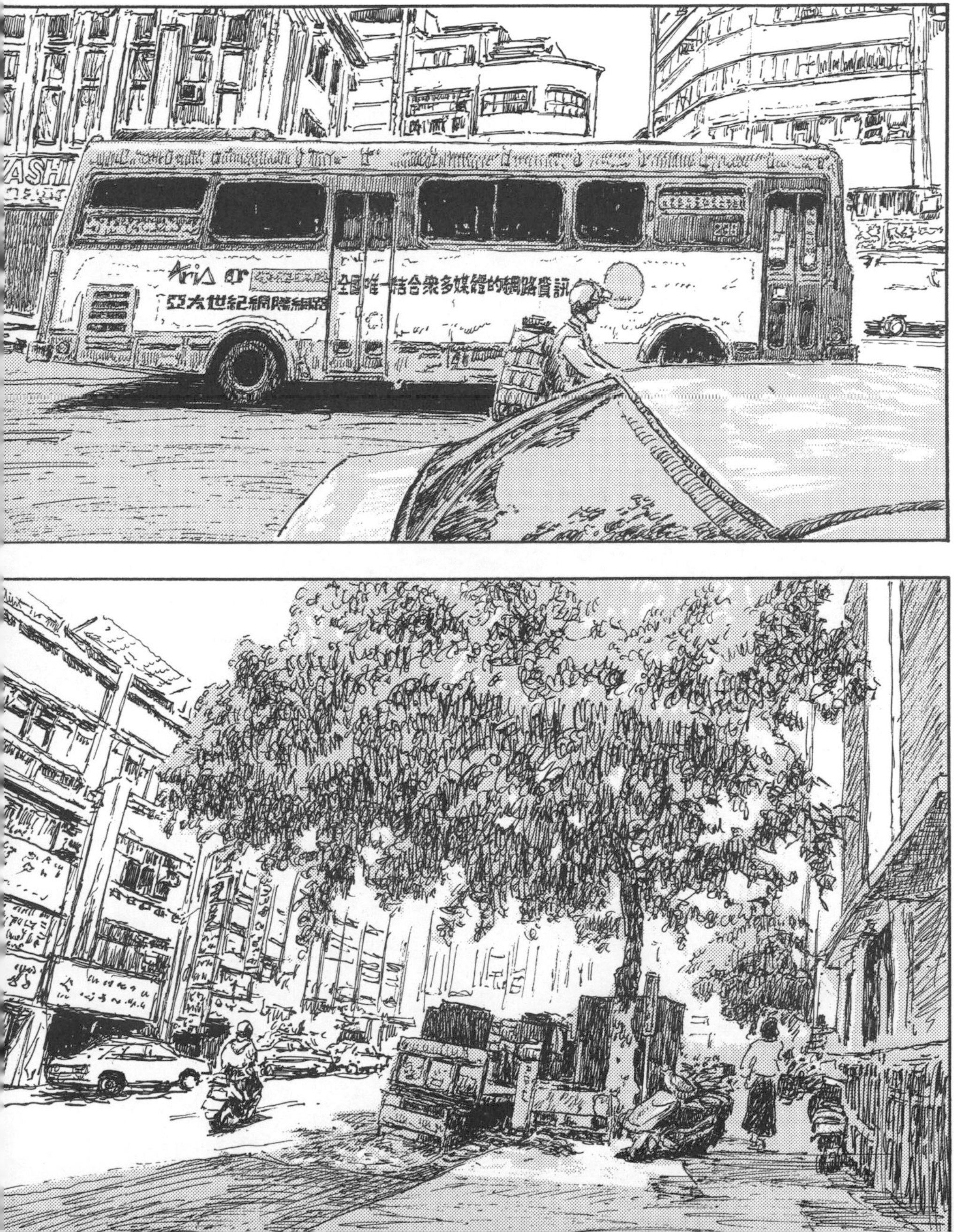
Aria
亞太世紀網際網路
全國唯一結合衆多媒體的網路資訊

你說你是記者？
竟然會注意到奧田。你啊，真是相當優秀耶。

請問，
這是「Mrs. Big」嗎？
竟然還知道這名字。
山孟都的保全真是漏洞百出。
「Mrs. Big」啊，是基因改造生物的母體，是頭豬唷。

而奧田啊，
是這世界上第一個，
豬所生的人類唷。
18:end

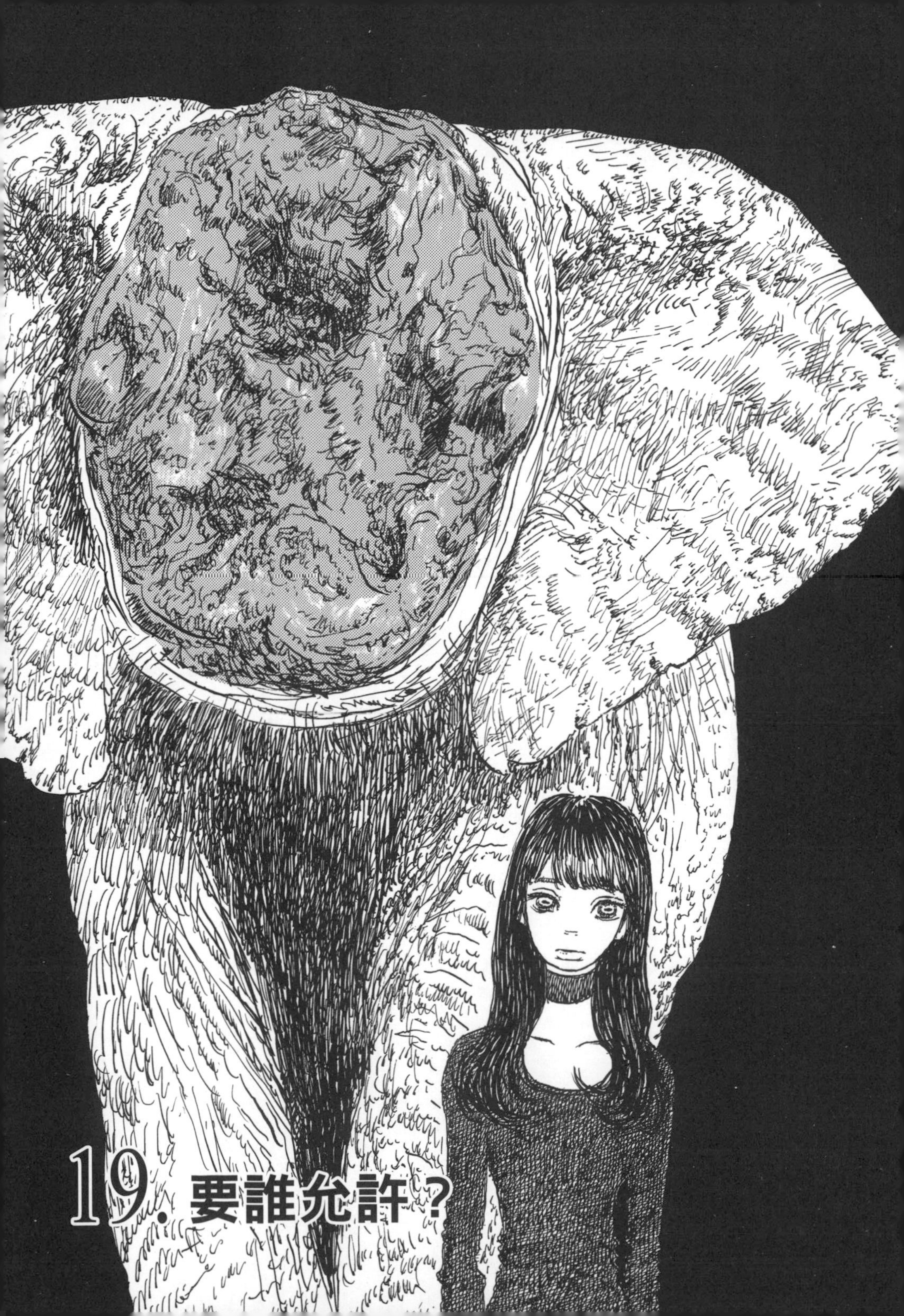
19. 要誰允許？

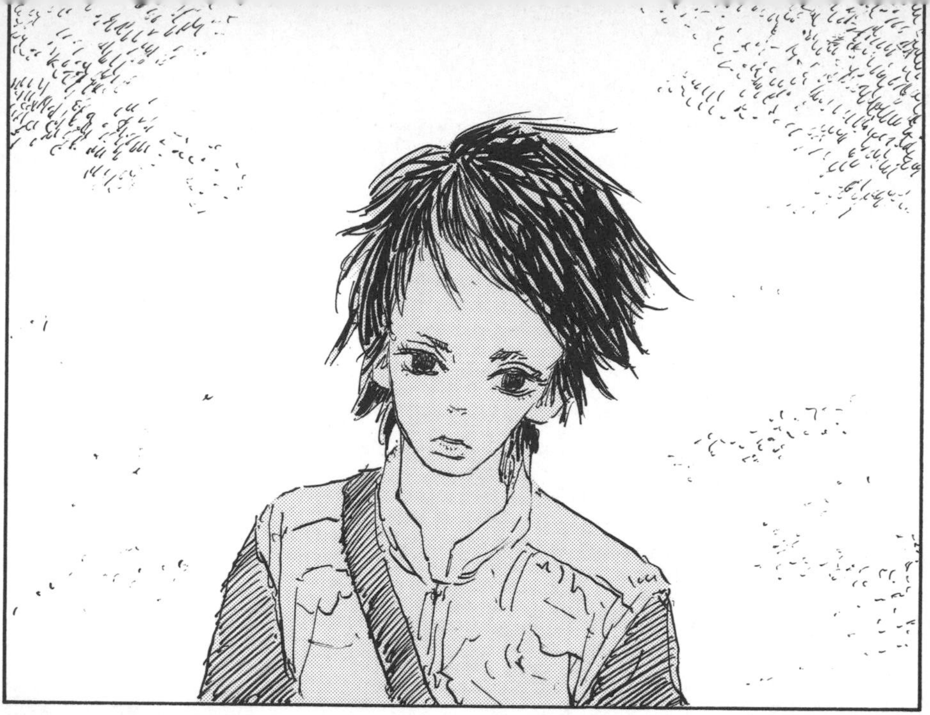

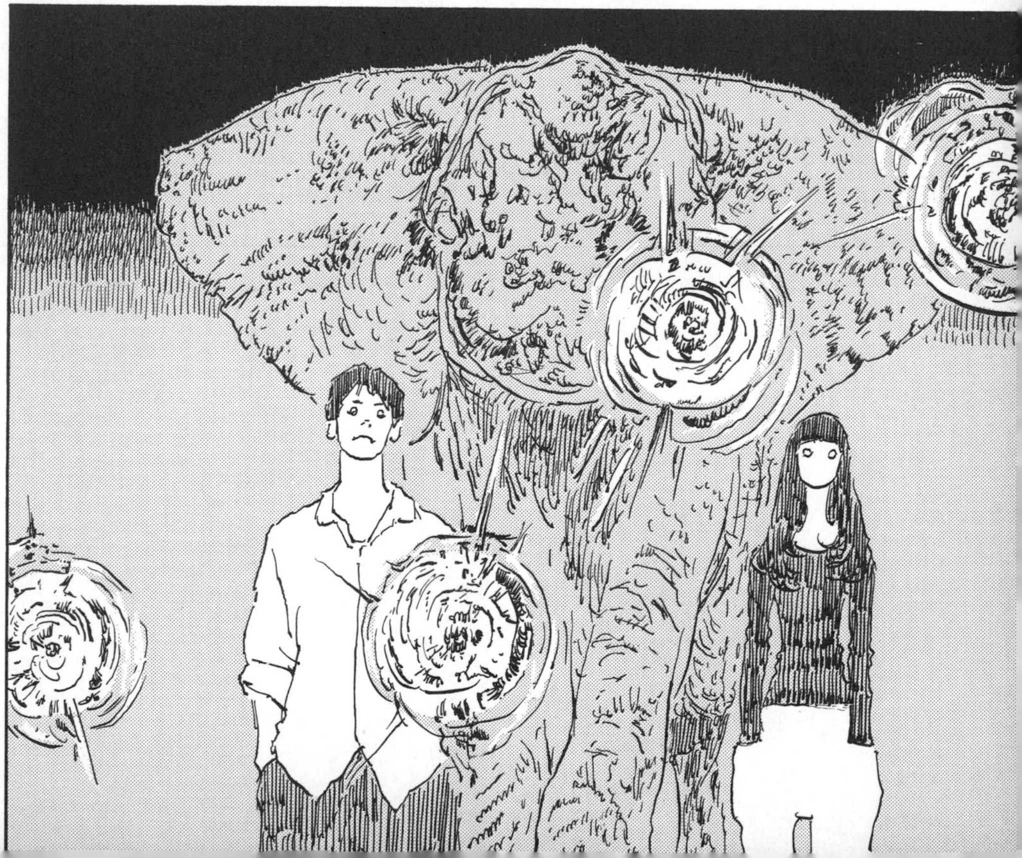

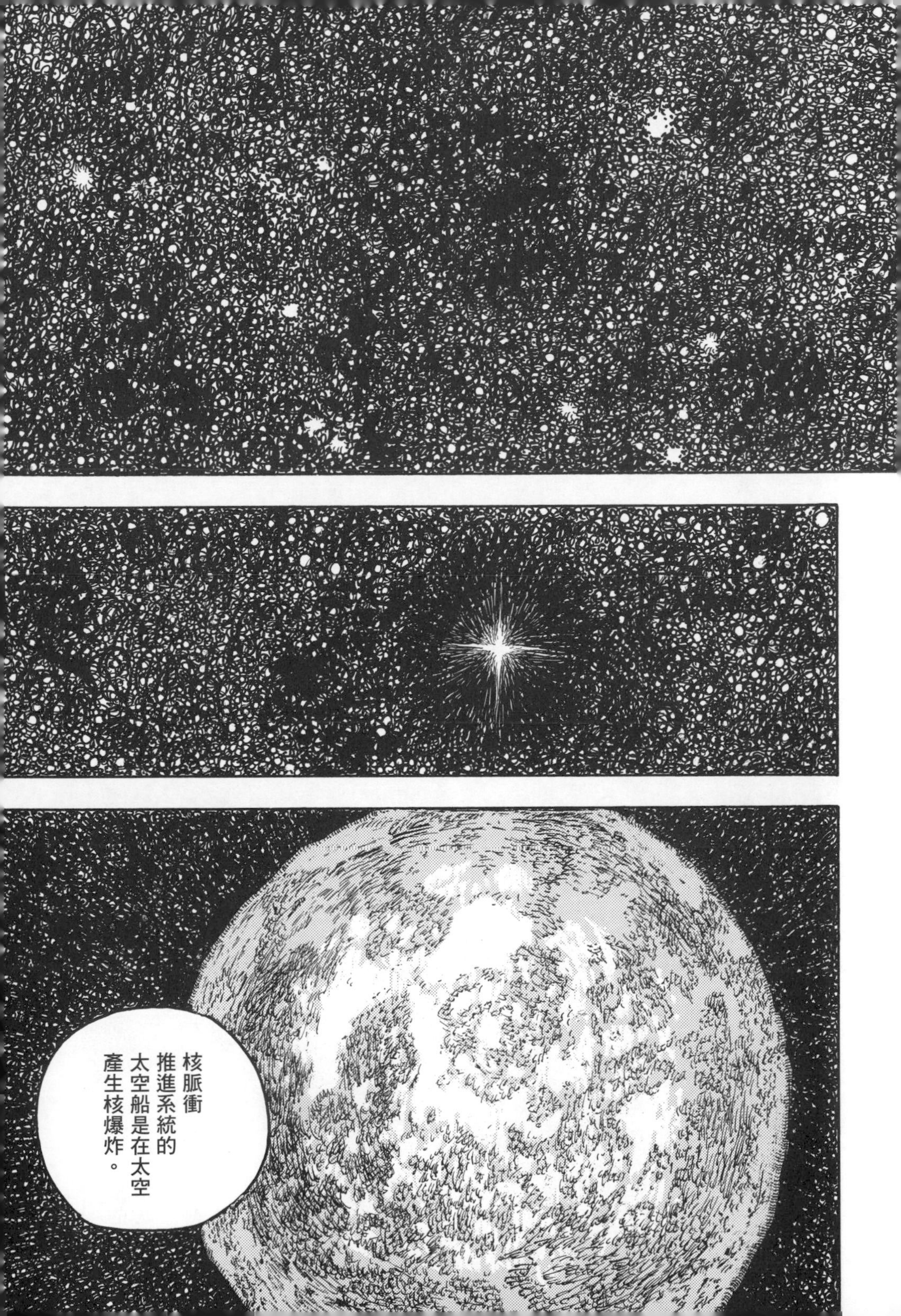
核脈衝推進系統的太空船是在太空產生核爆炸。

而推進盤吸收其能量後，一毫秒內就能發射太空船。
不到一毫秒的話，由於推進盤能承受八萬克耳文※的高溫，就能幾乎毫無損傷得到化學燃料一百萬倍的推進力。

※譯註：溫度單位，主要用於科學研究。

演示實驗用的太空船目前正在建造，預計六個月後會將各部件發射升空，
並開始在太空中組裝。

那拉植物計畫起初是提案從地面發射，
鑒於核能在大氣層內爆炸會有各種影響，因此做此變更。
但這麼做效率不是很高啊。
之前那些破壞實驗太空站的宇宙植物怎麼樣了？
實驗資料已經接收完成，所以沒有回收本體的絕對必要。
只不過如果我們能取得各國同意讓我們在太空船外活動，

我們會派ＨＡ去回收樣本，也做為他們的訓練。
現在飄浮在太空裡的植物要怎麼辦呢？
放在那不管不會危險嗎？
根據設計的條件，非常接近太陽，也沒有供給水分，置之不理的話就會枯死。
請不用擔心。
那拉植物計畫總算成形了呢。
到時父親…
！

為什麼這麼做？
撥預算研發出你們的人是我。
真要說的話，我可是你們的生父喔。
謝謝你生下我們。
你應盡之事已經結束了。
我們要殺掉所有愚蠢人類是不可能的。
能做的只有，

先試著列出要導正人類愚昧不智的行動，必須殺掉的一千人名單，
接著來看看會變得怎麼樣。
那才愚昧吧。
想法像小孩子一樣。
我們就是你的小孩啊。

砰砰

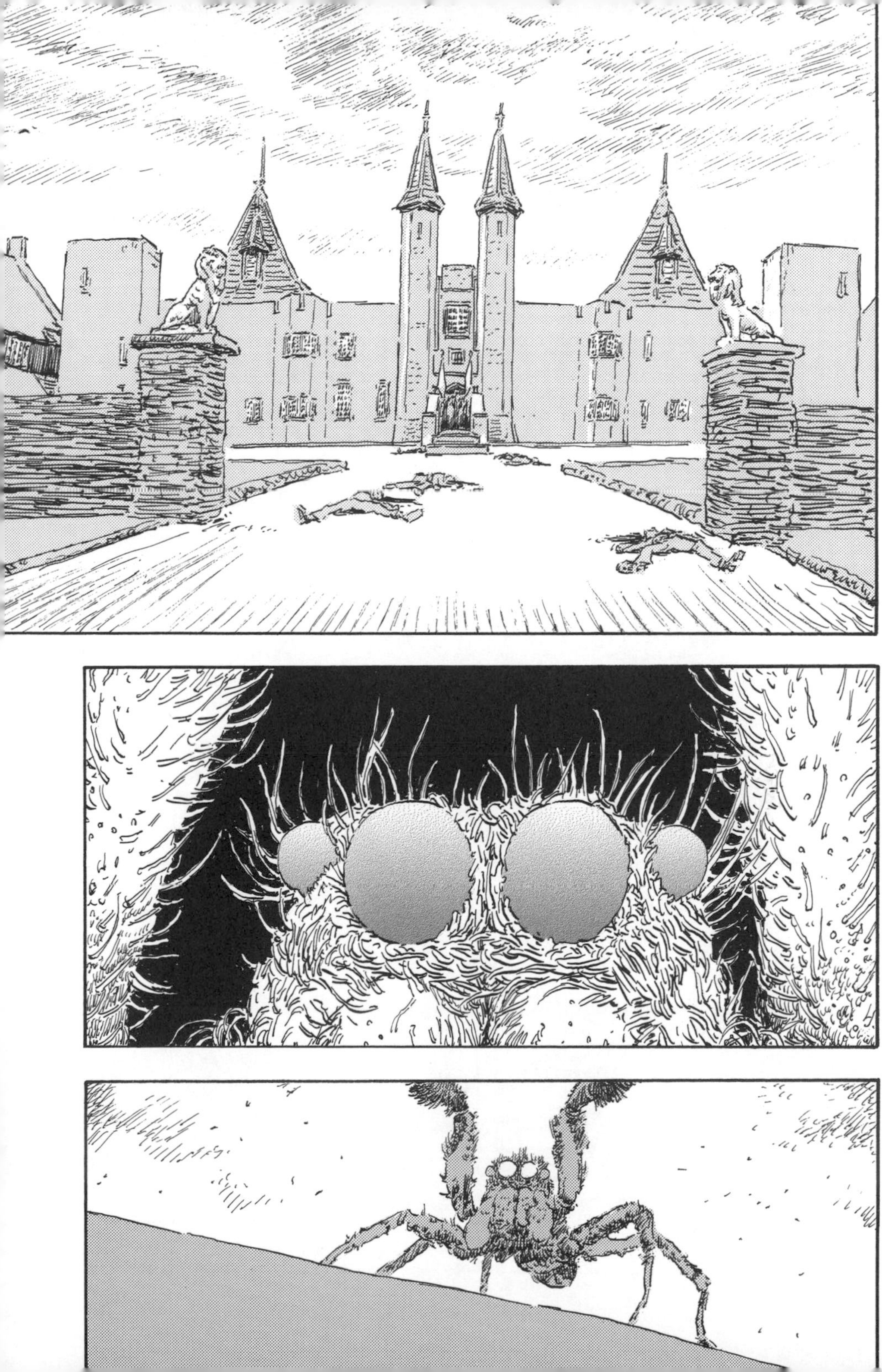

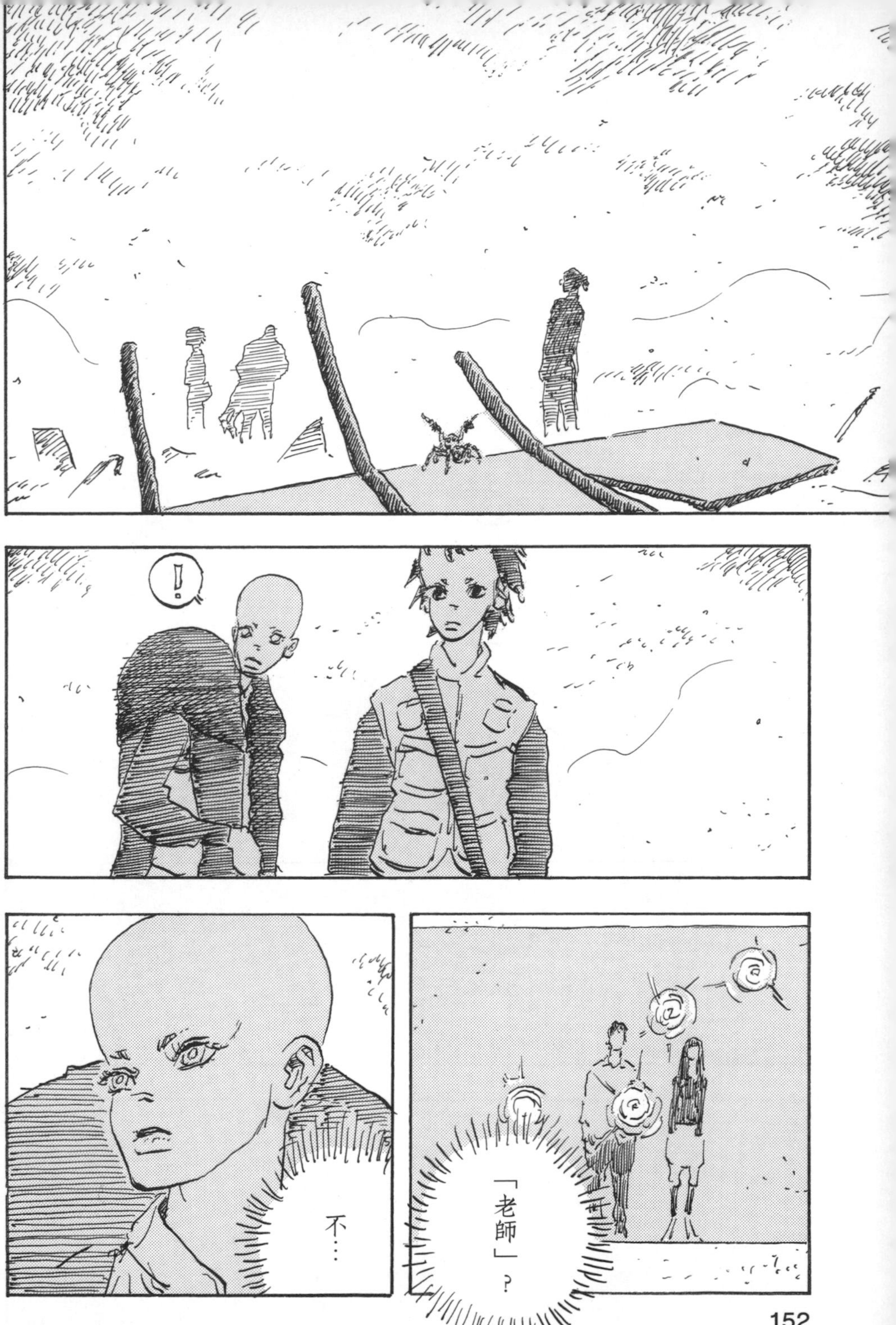
!
不…
「老師」？

奥田。
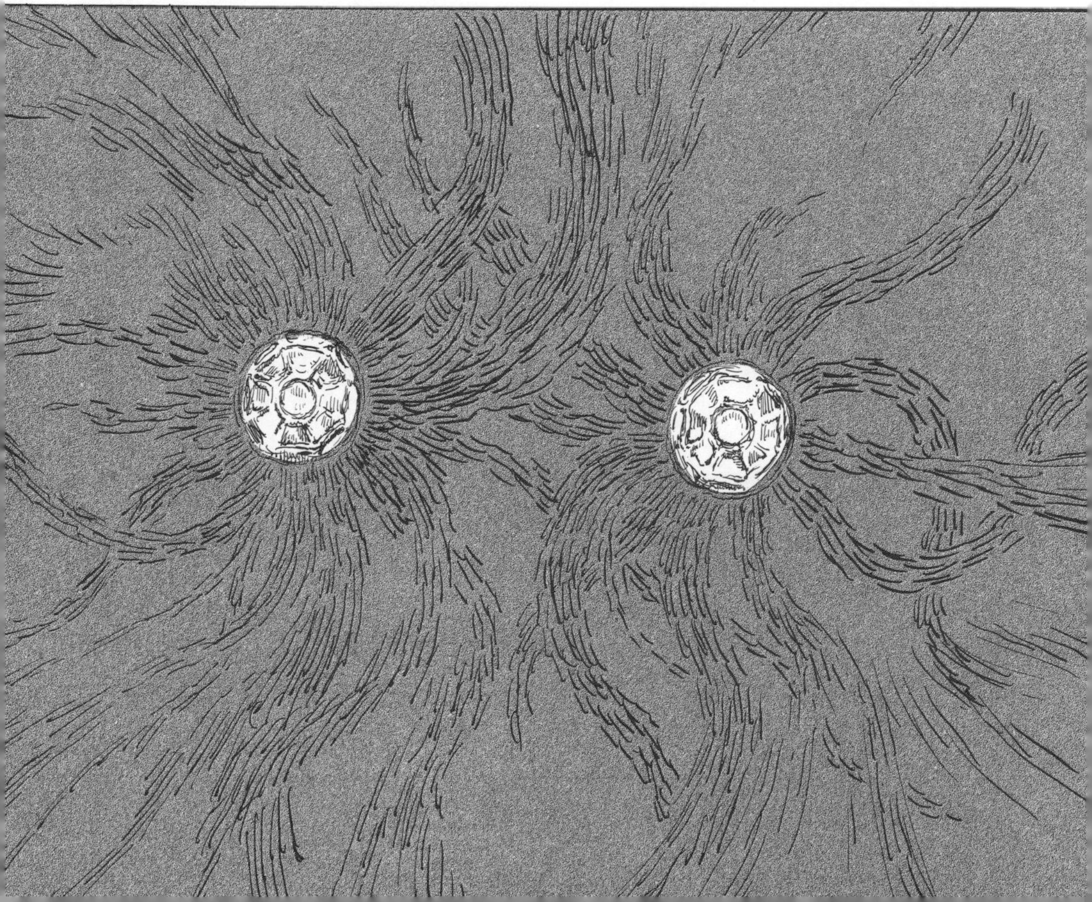

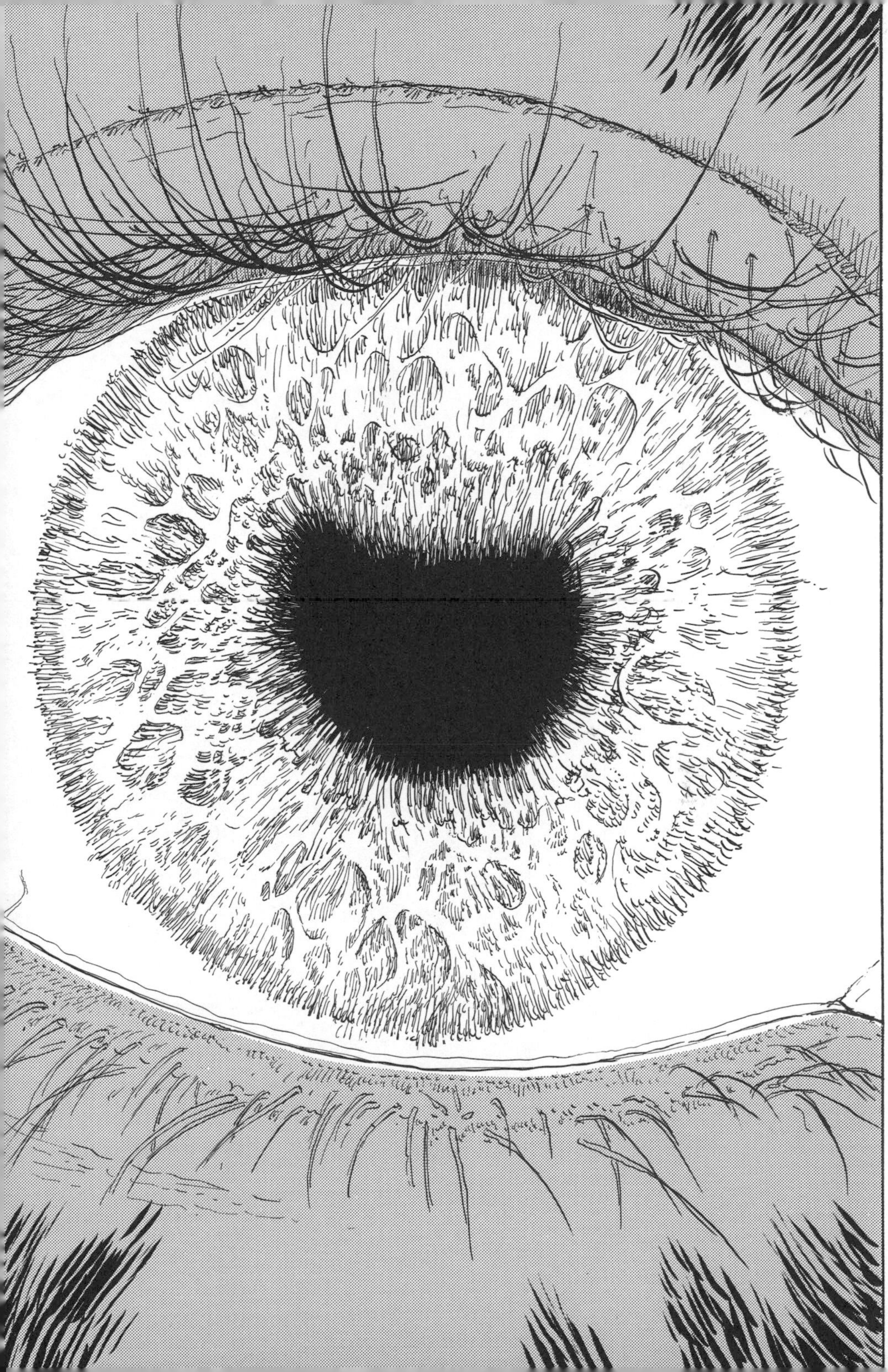

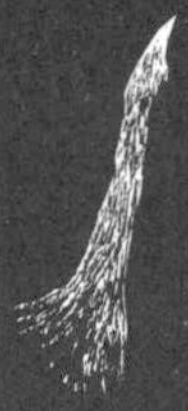

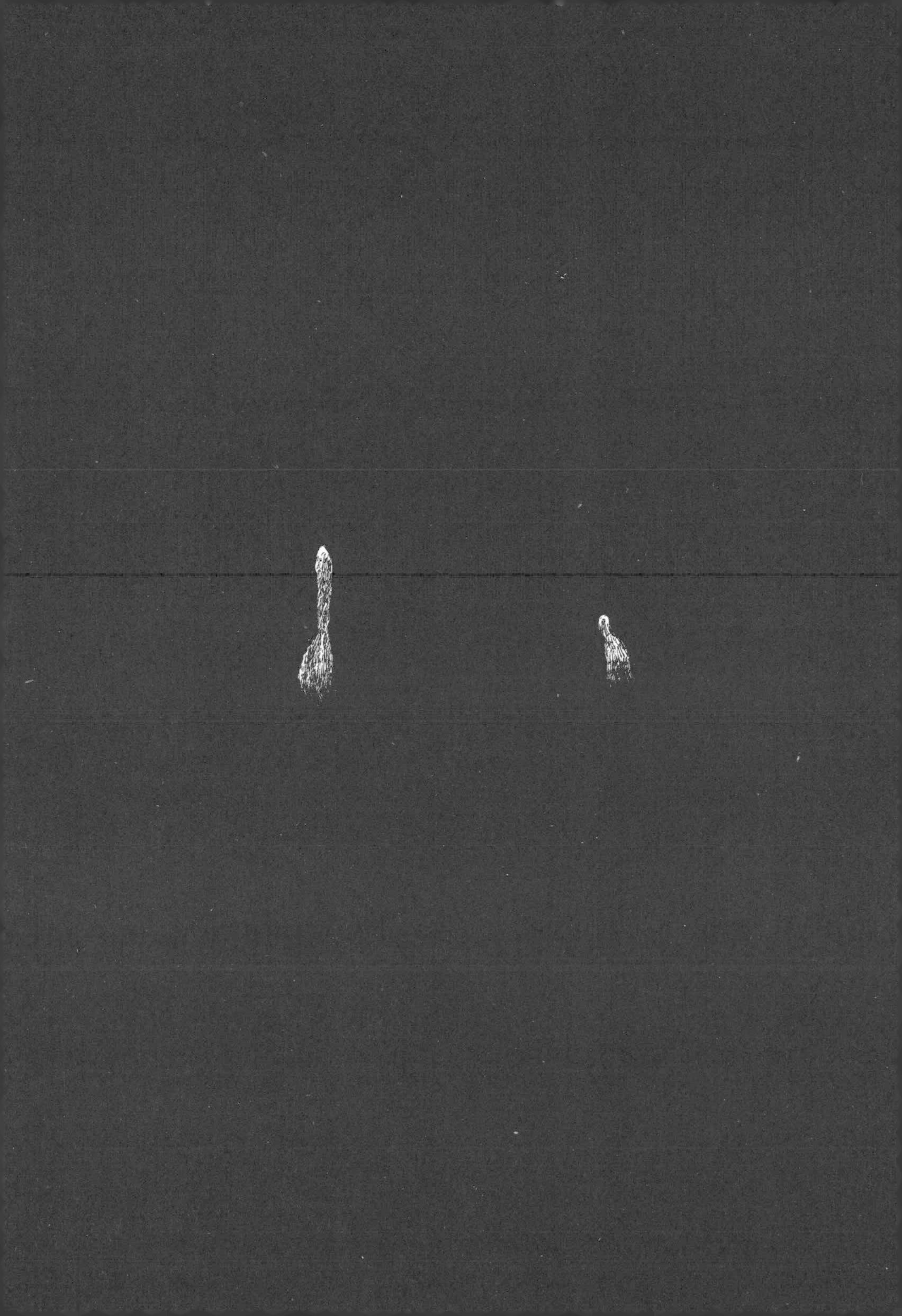

（砰砰）
!

快逃啊！

嚴禁煙火
得趕快逃走。
5
限速行駛
嚴禁煙火
得趕快逃走。
那是…奧田的環世界…

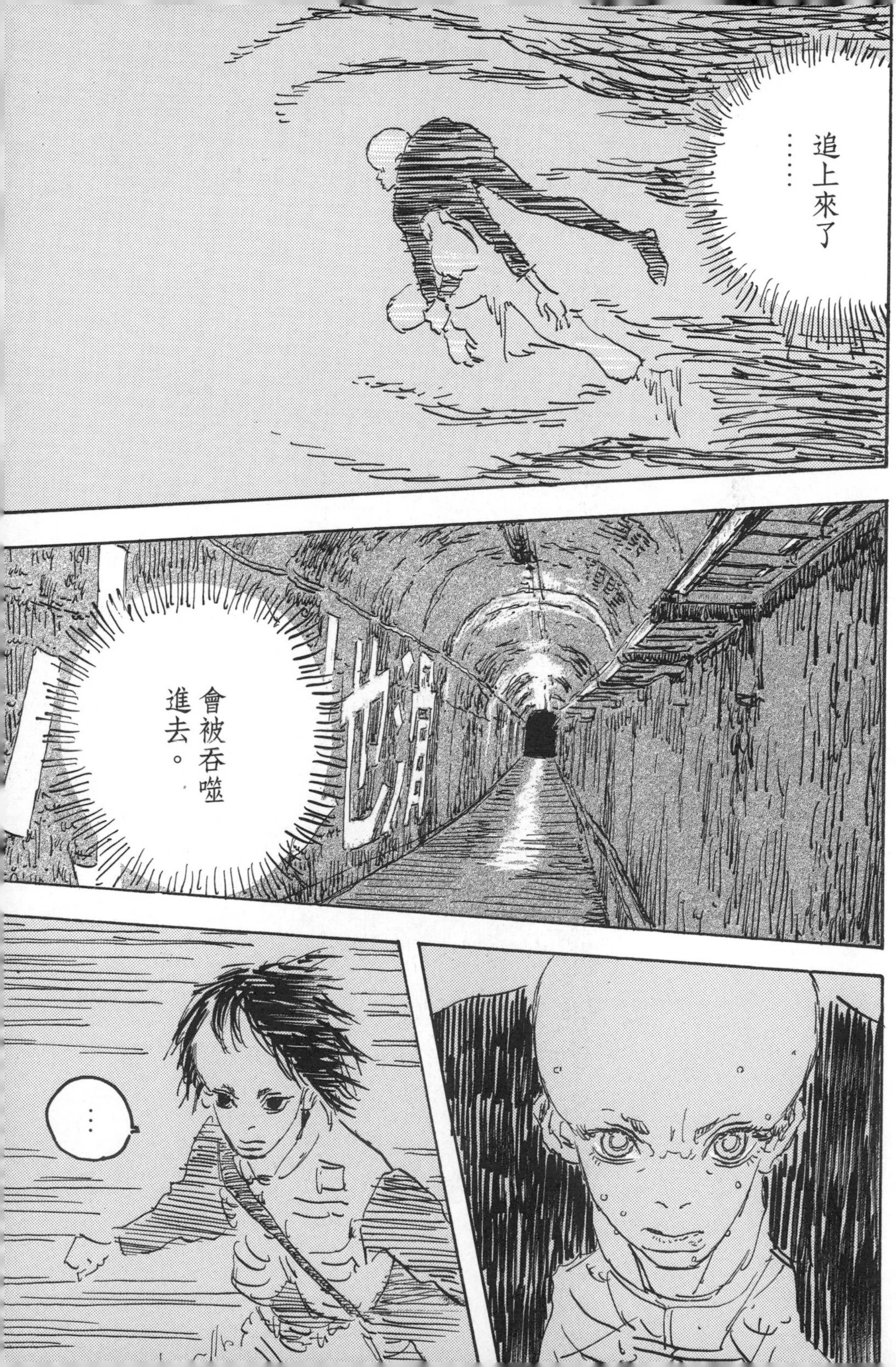
追上來了……
會被吞噬進去。
……

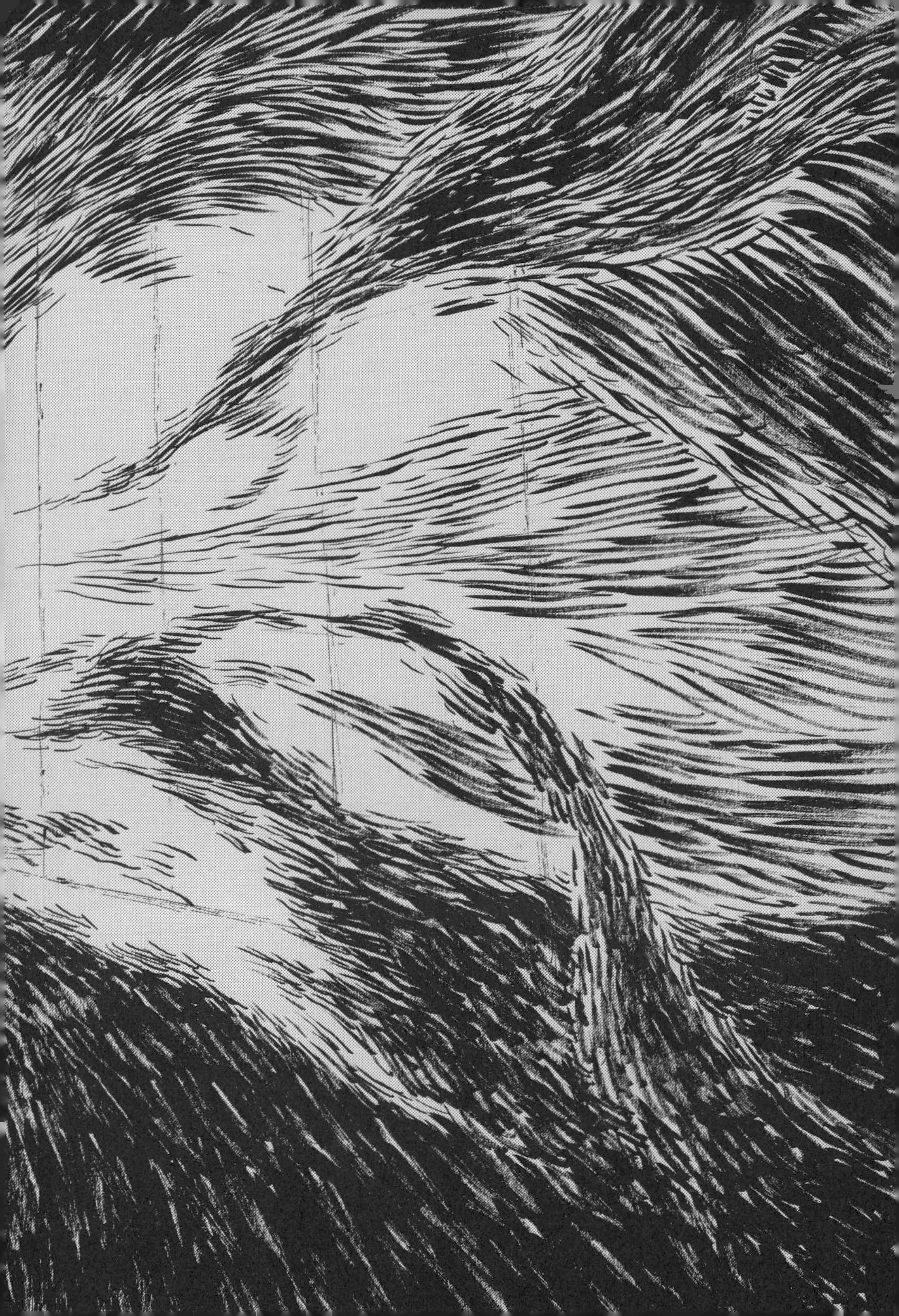

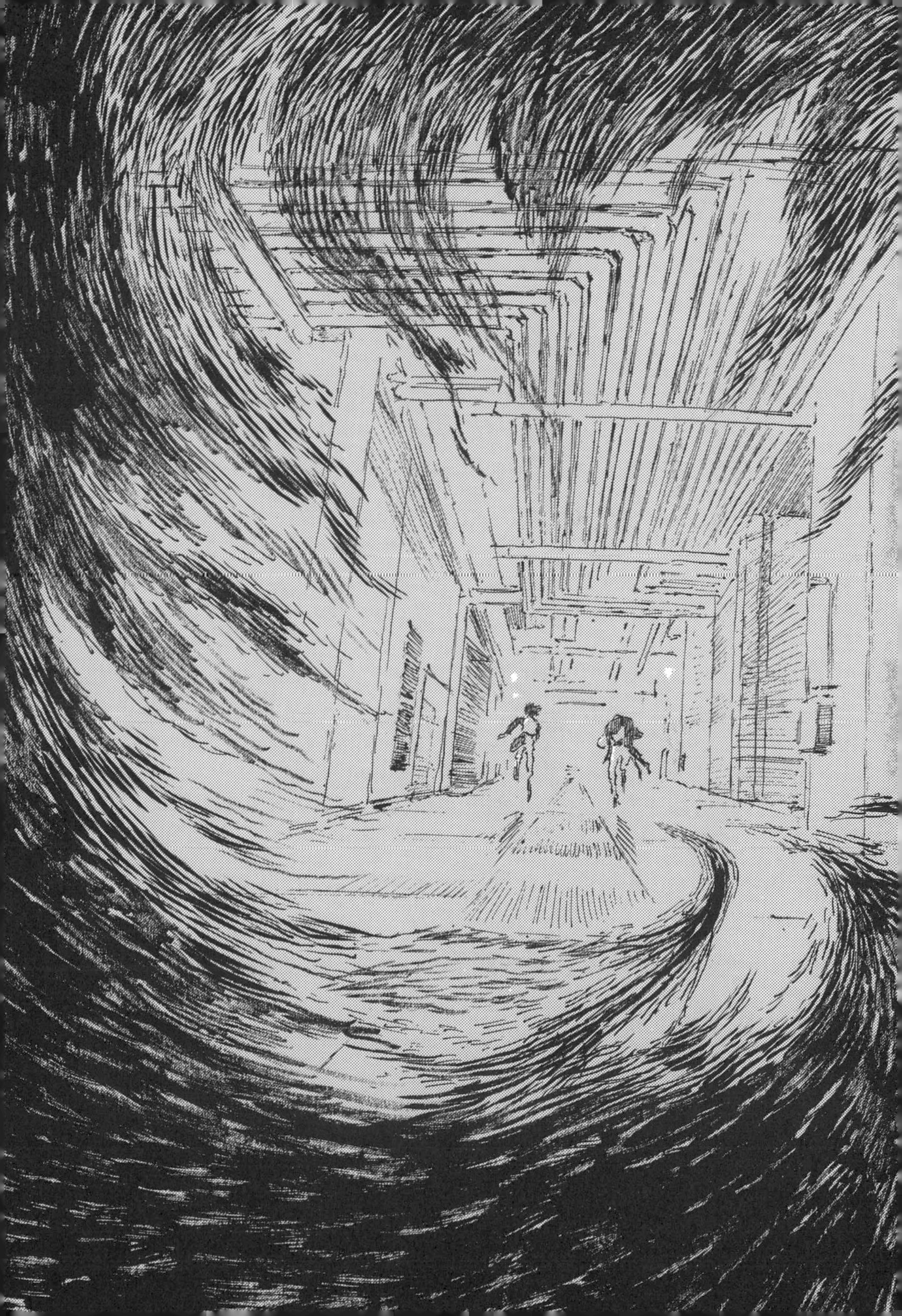

哎唷，看起來好好吃。

人依自己的想法擅自操弄生命，
真的是被允許的嗎？
要誰允許？
神嗎？
要是擁有那種許可權的話，
就會有一大筆財富不請自來啊。
真羨慕。

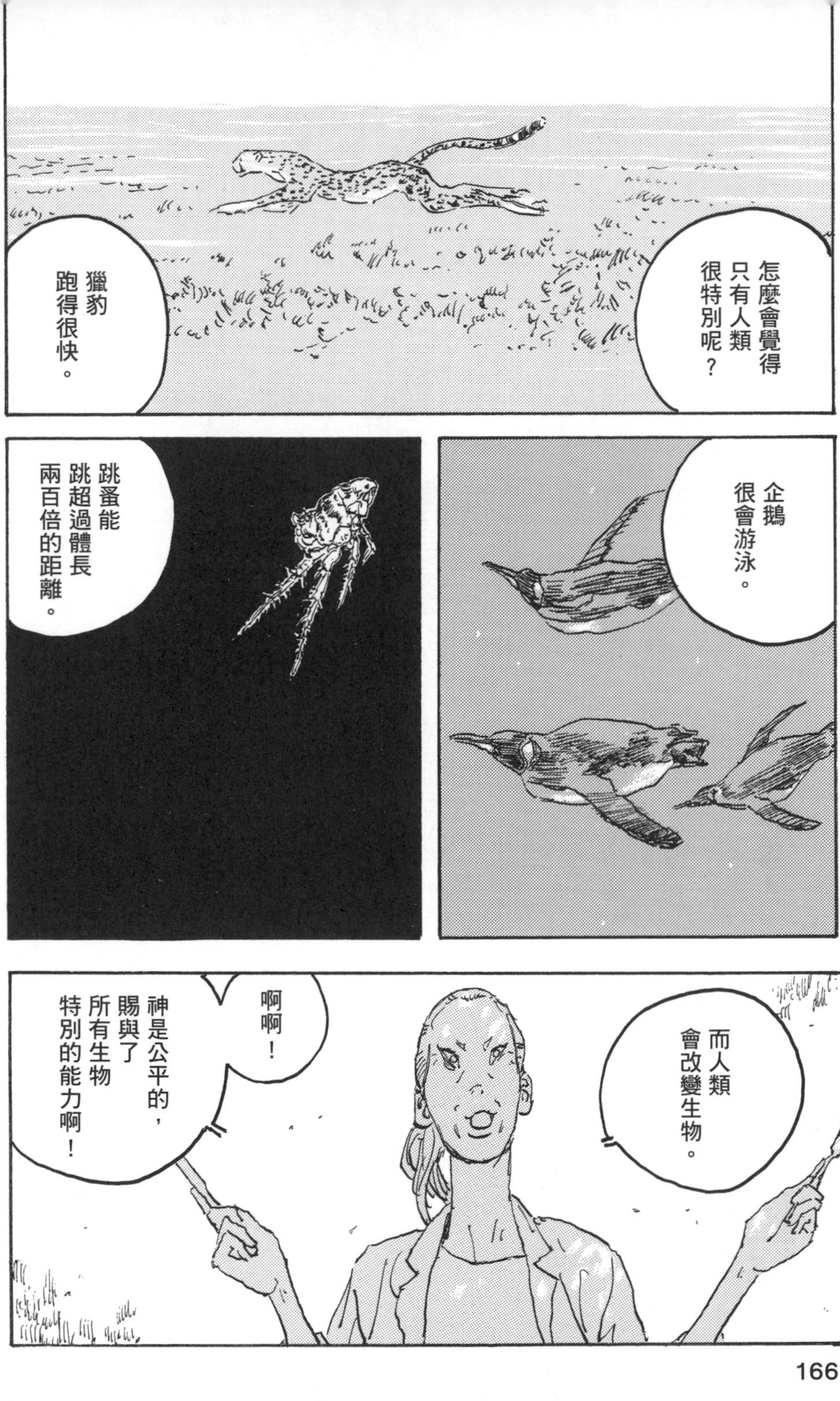
怎麼會覺得只有人類很特別呢？
獵豹跑得很快。
企鵝很會游泳。
跳蚤能跳超過體長兩百倍的距離。
而人類會改變生物。
啊啊！
神是公平的，賜與了所有生物特別的能力啊！

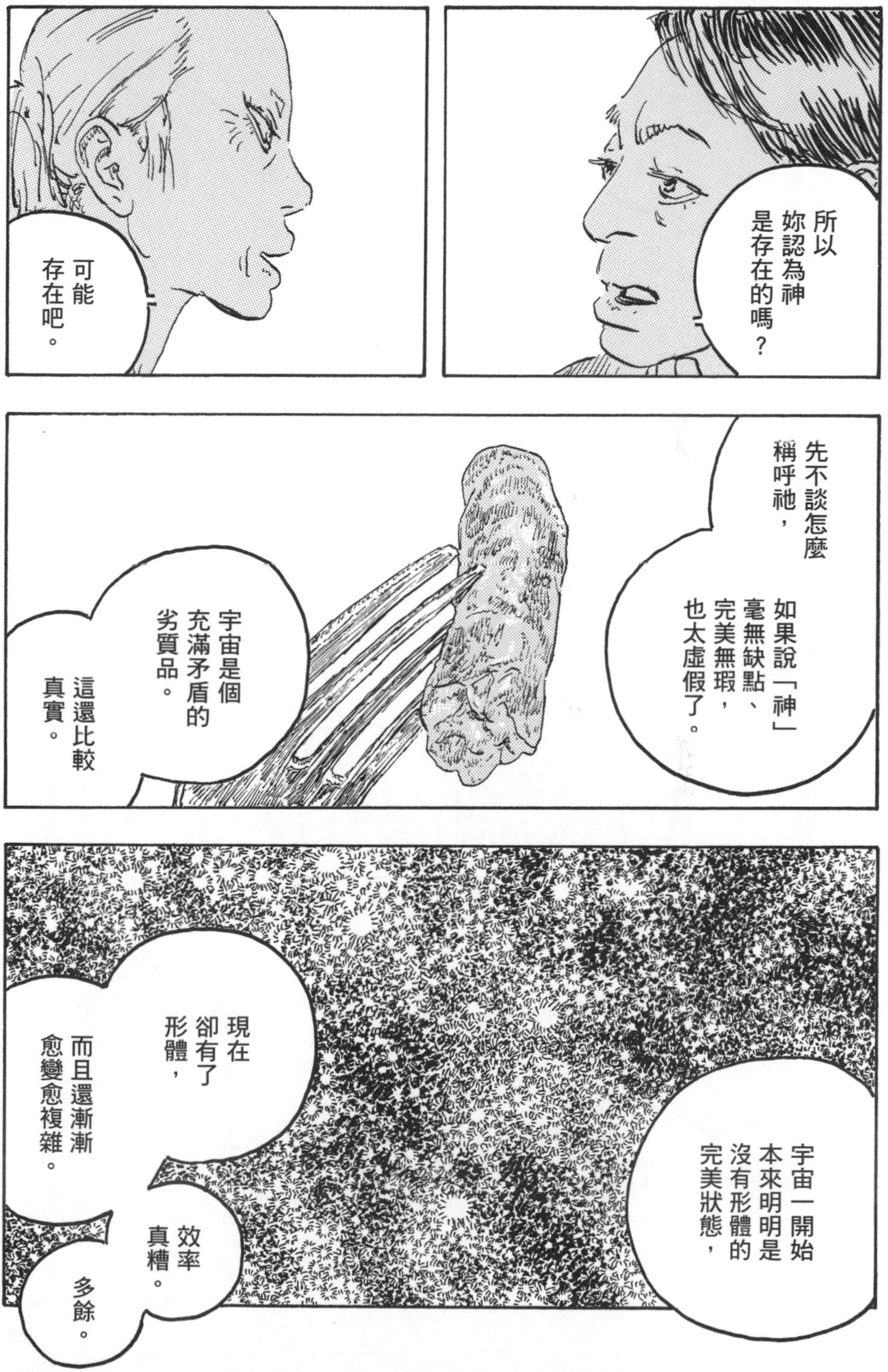

所以妳認為神是存在的嗎？
可能存在吧。
先不談怎麼稱呼祂，
如果說「神」毫無缺點、完美無瑕，也太虛假了。
宇宙是個充滿矛盾的劣質品。
這還比較真實。
宇宙一開始本來明明是沒有形體的完美狀態，
現在卻有了形體，
而且還漸漸愈變愈複雜。
效率真糟。
多餘。

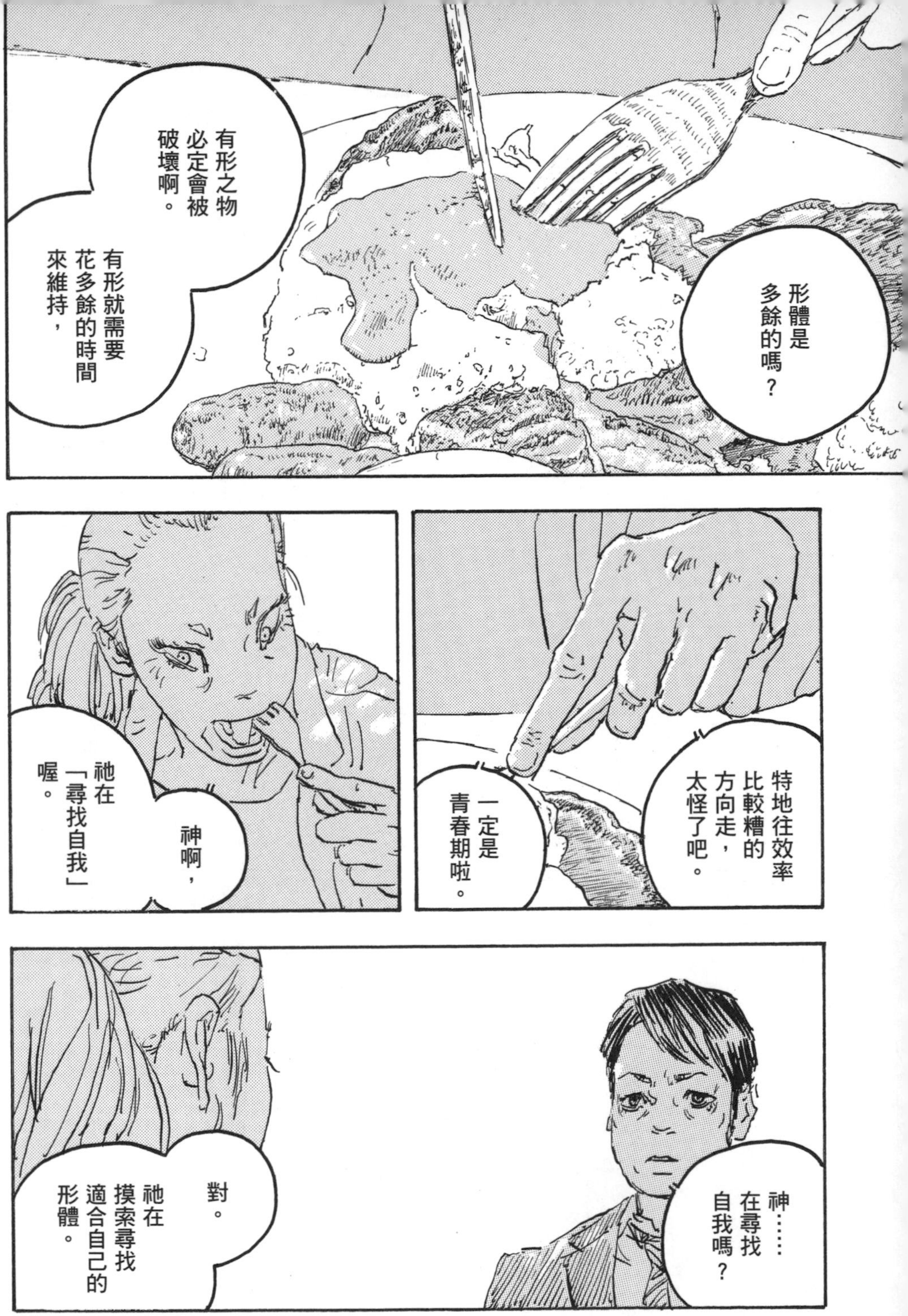

形體是多餘的嗎？
有形之物必定會被破壞啊。
有形就需要花多餘的時間來維持，
特地往效率比較糟的方向走，太怪了吧。
一定是青春期啦。
神啊，
祂在「尋找自我」喔。
神……在尋找自我嗎？
對。
祂在摸索尋找適合自己的形體。

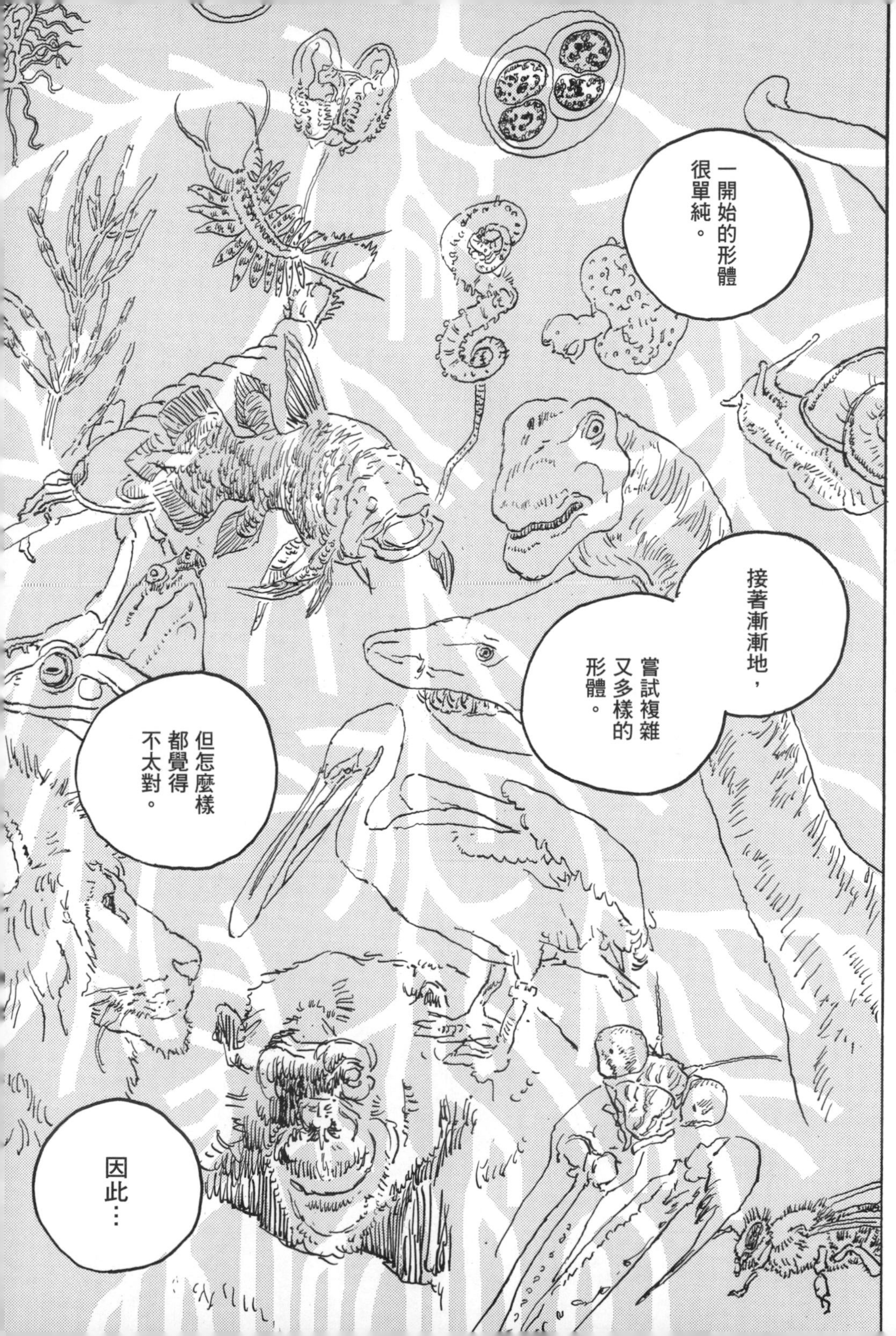
一開始的形體很單純。
接著漸漸地，嘗試複雜又多樣的形體。
但怎麼樣都覺得不太對。
因此⋯⋯

因此人類才誕生了。
不過別誤解喔。
這不代表人類是適合神的形體唷。
人類的特別能力…
改變…生物？
人類會精進自己的能力。
最終創造出一種生物，能自由自在設計生物的形體。

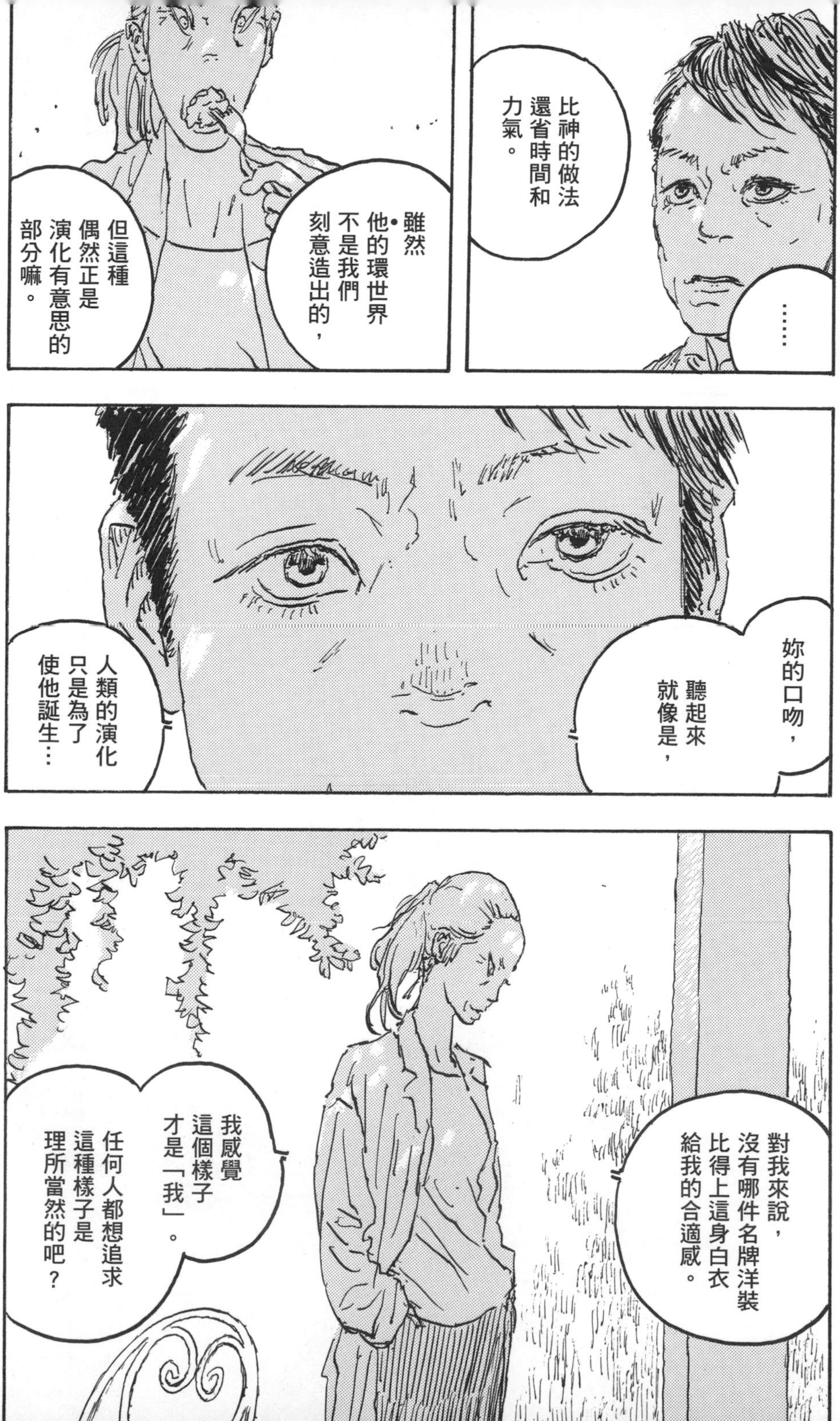

比神的做法還省時間和力氣。
……
雖然，他的環世界不是我們刻意造出的，
但這種偶然正是演化有意思的部分嘛。
妳的口吻，聽起來就像是，
人類的演化只是為了使他誕生…
對我來說，沒有哪件名牌洋裝比得上這身白衣給我的合適感。
我感覺這個樣子才是「我」。
任何人都想追求這種樣子是理所當然的吧？

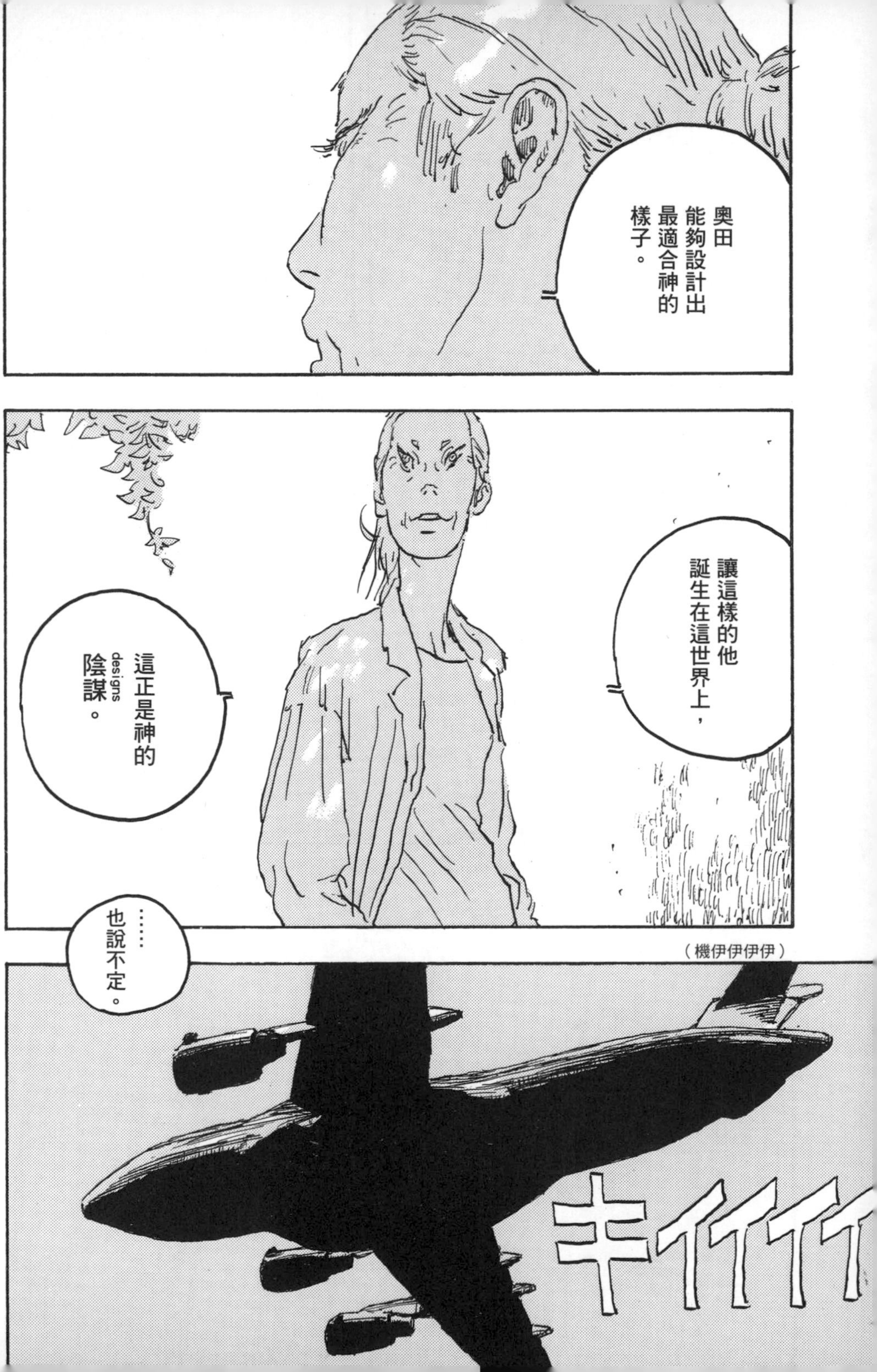
奧田能夠設計出最適合神的樣子。
讓這樣的他誕生在這世界上，
這正是神的陰謀(designs)。
……也說不定。
（機伊伊伊伊）
キイイイイ

（機機機機機…）
イイイイイ
……妳真獨特。
你身上的西裝，跟你還真不搭啊。

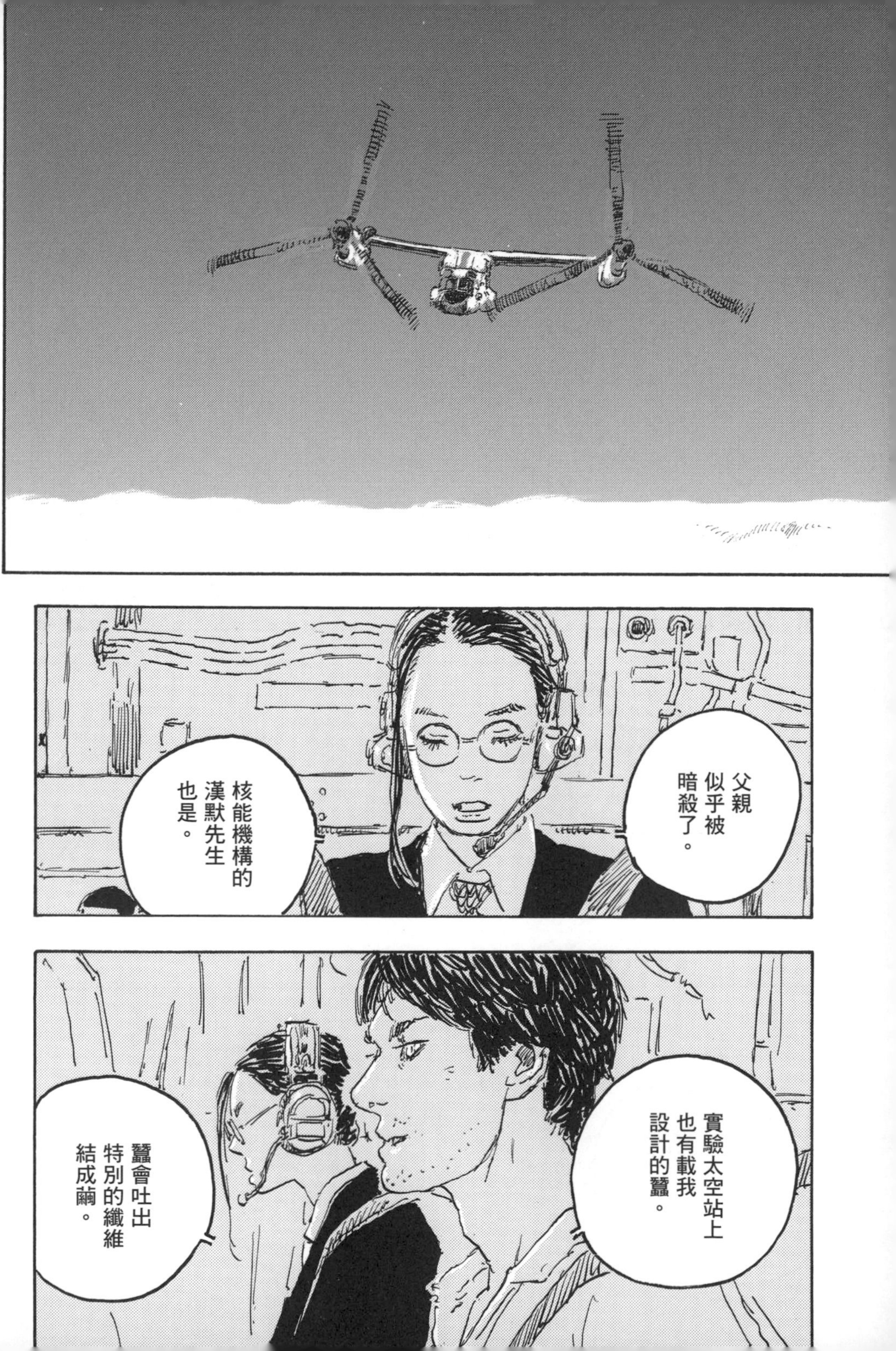
父親似乎被暗殺了。
核能機構的漢默先生也是。
實驗太空站上也有載我設計的蠶。
蠶會吐出特別的纖維結成繭。

在無重力下還能夠結繭，這我已經實驗過了。
之前沒給你看過吧，我在家裡也有弄。
回到家讓你摸摸看——非常柔軟喔。
摸起來像馬的鼻尖。
不曉得實驗太空站的那些孩子是不是很冷呢。
（啪哩啪哩）

提高警戒保護所有與那拉植物有關的重要人士。
奧田的行程全部取消，重新調整。
了解。
啪哩啪哩啪哩啪哩
啪哩啪哩啪哩啪哩啪哩
啪哩啪哩啪哩啪哩啪哩啪哩

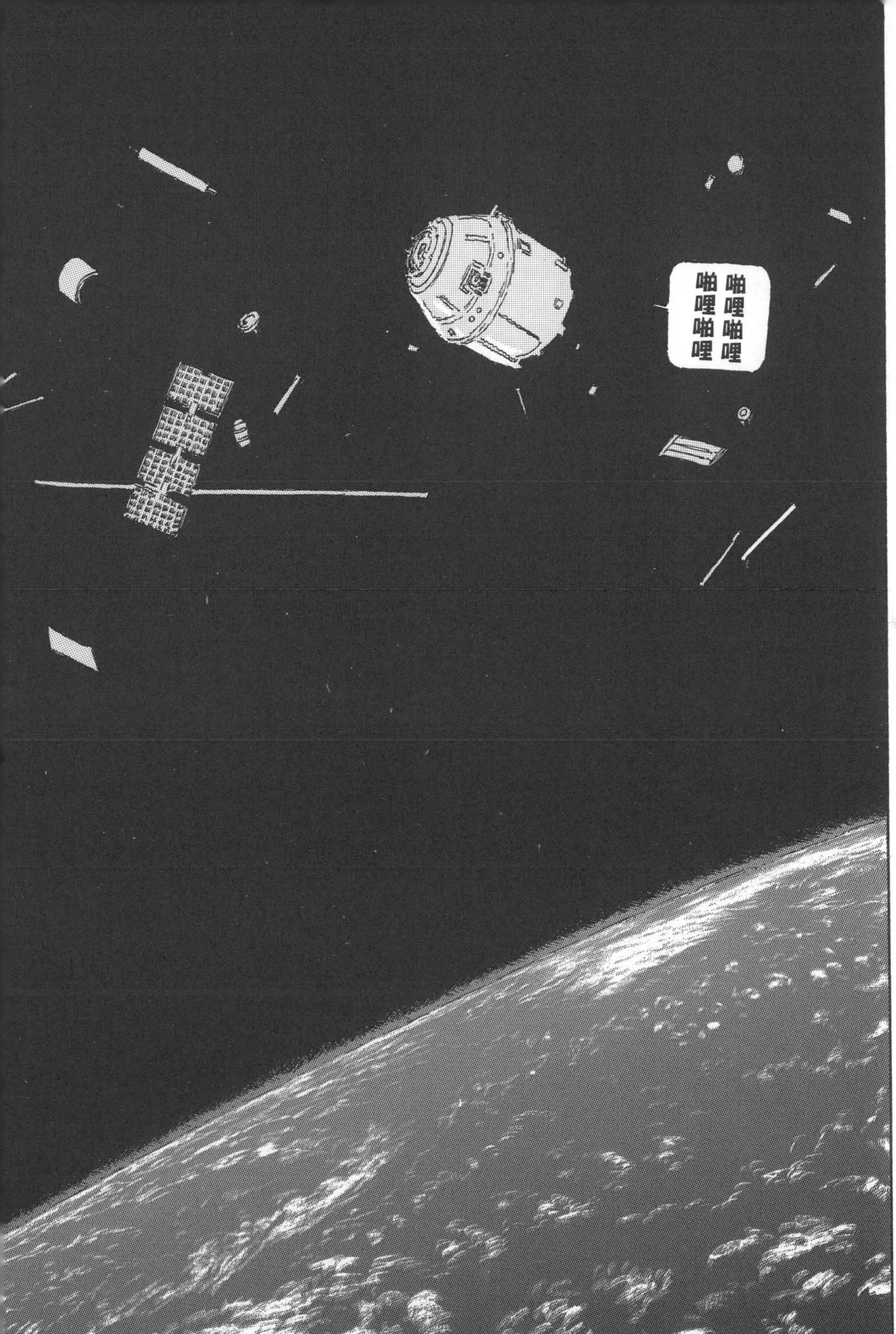

啪哩啪哩啪哩啪哩

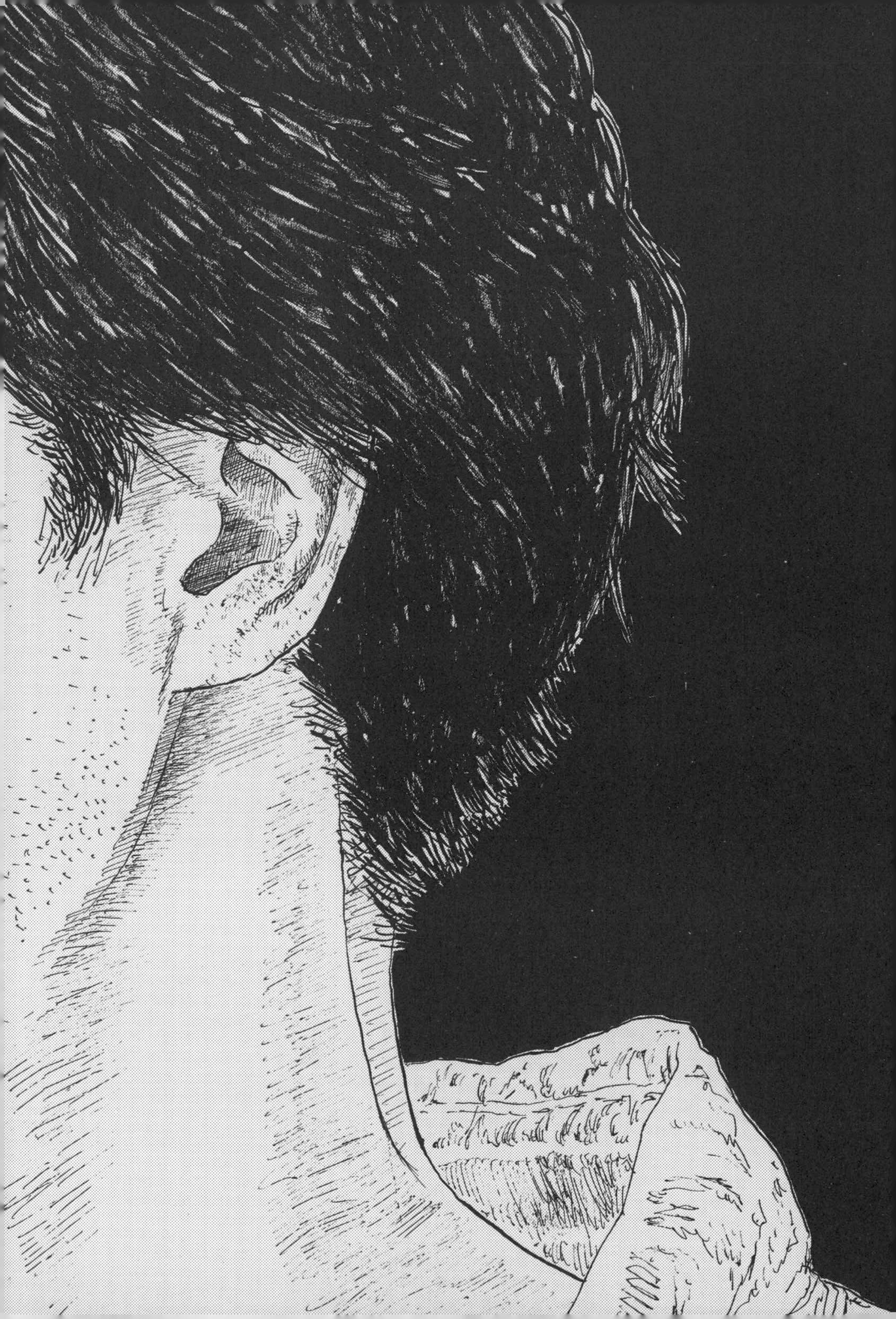

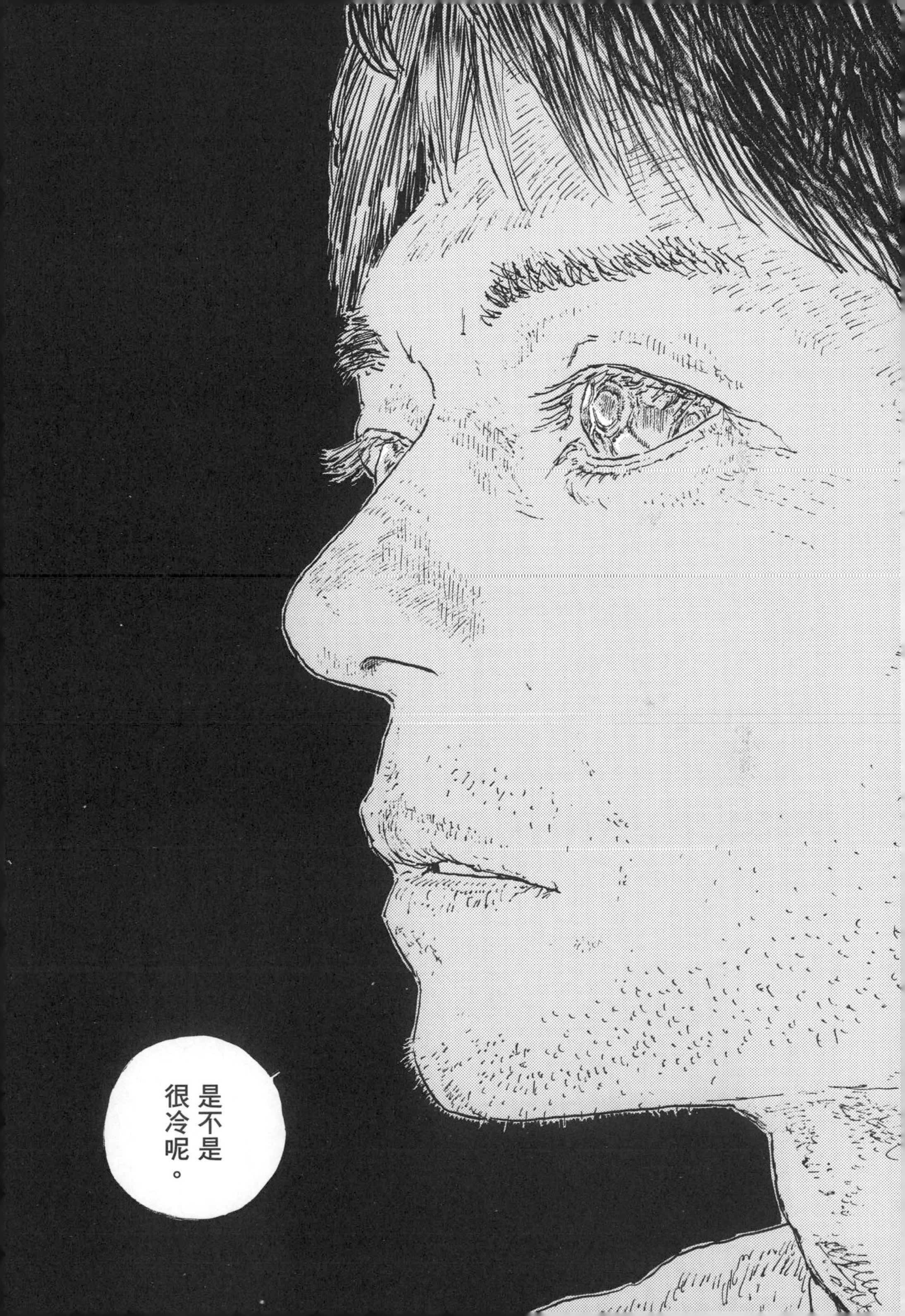
是不是很冷呢。

身體的麻痺三十分鐘左右就會消失了。

以防萬一，我們用了最少的藥量。
聲音到時也會恢復。
住在這裡的人死了，房子放在這沒人管。
我們就擅自借來用三天左右了。

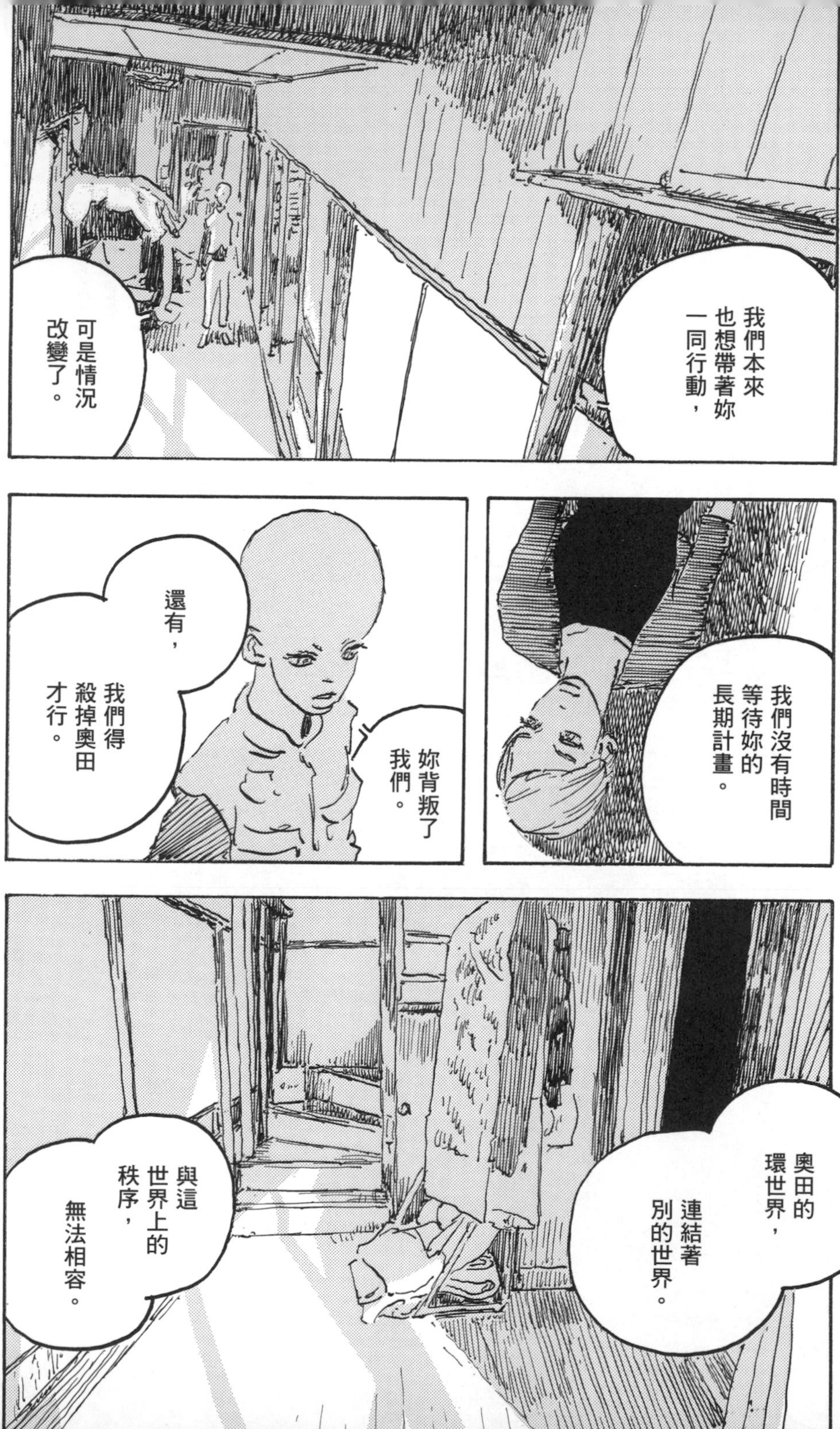
我們本來也想帶著妳一同行動，
可是情況改變了。
我們沒有時間等待妳的長期計畫。
妳背叛了我們。
還有，我們得殺掉奧田才行。
奧田的環世界，連結著別的世界。
與這世界上的秩序，無法相容。

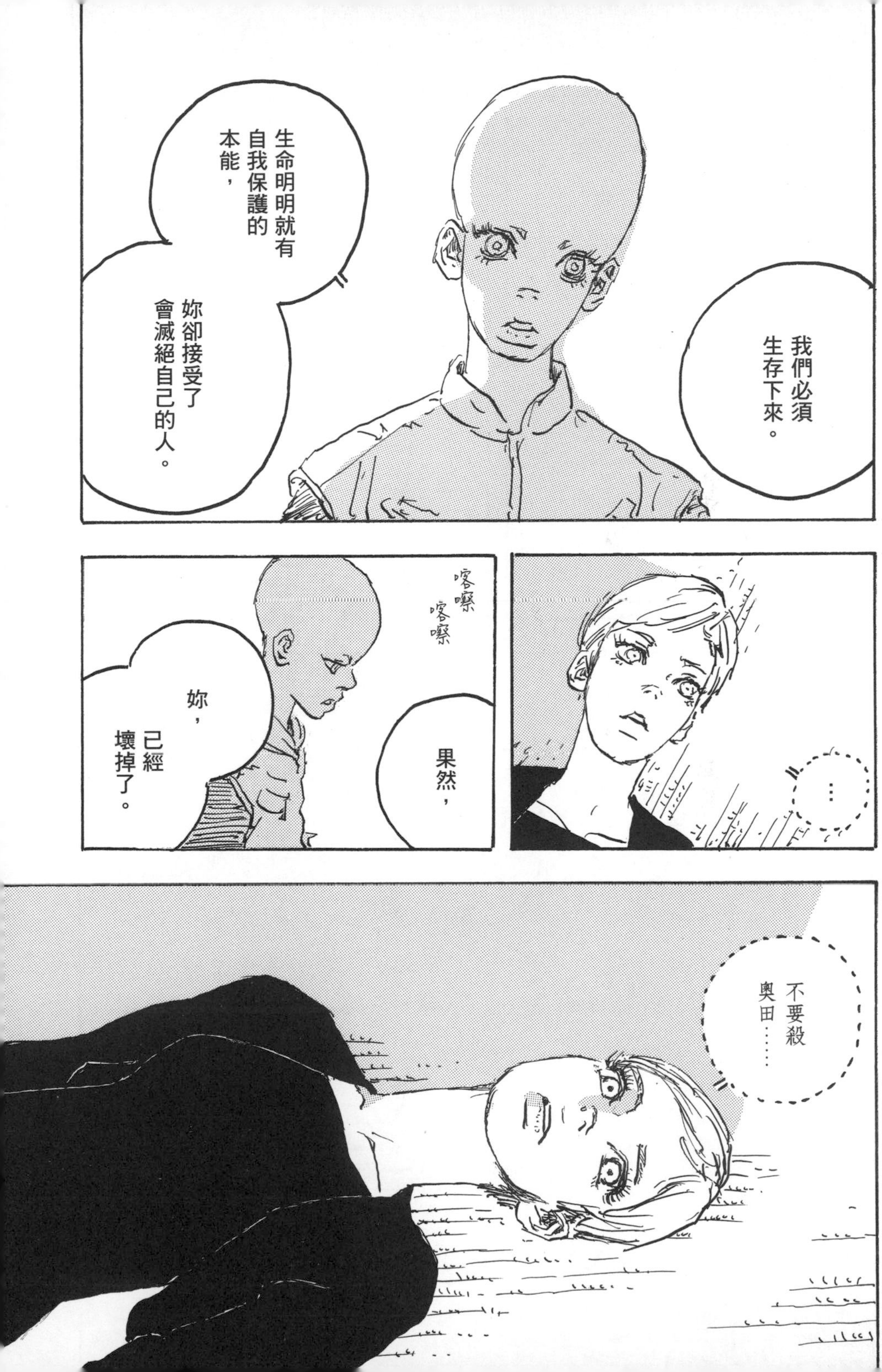
我們必須生存下來。
生命明明就有自我保護的本能，
妳卻接受了會滅絕自己的人。
……
喀嚓喀嚓
果然，
妳，已經壞掉了。
不要殺奧田……

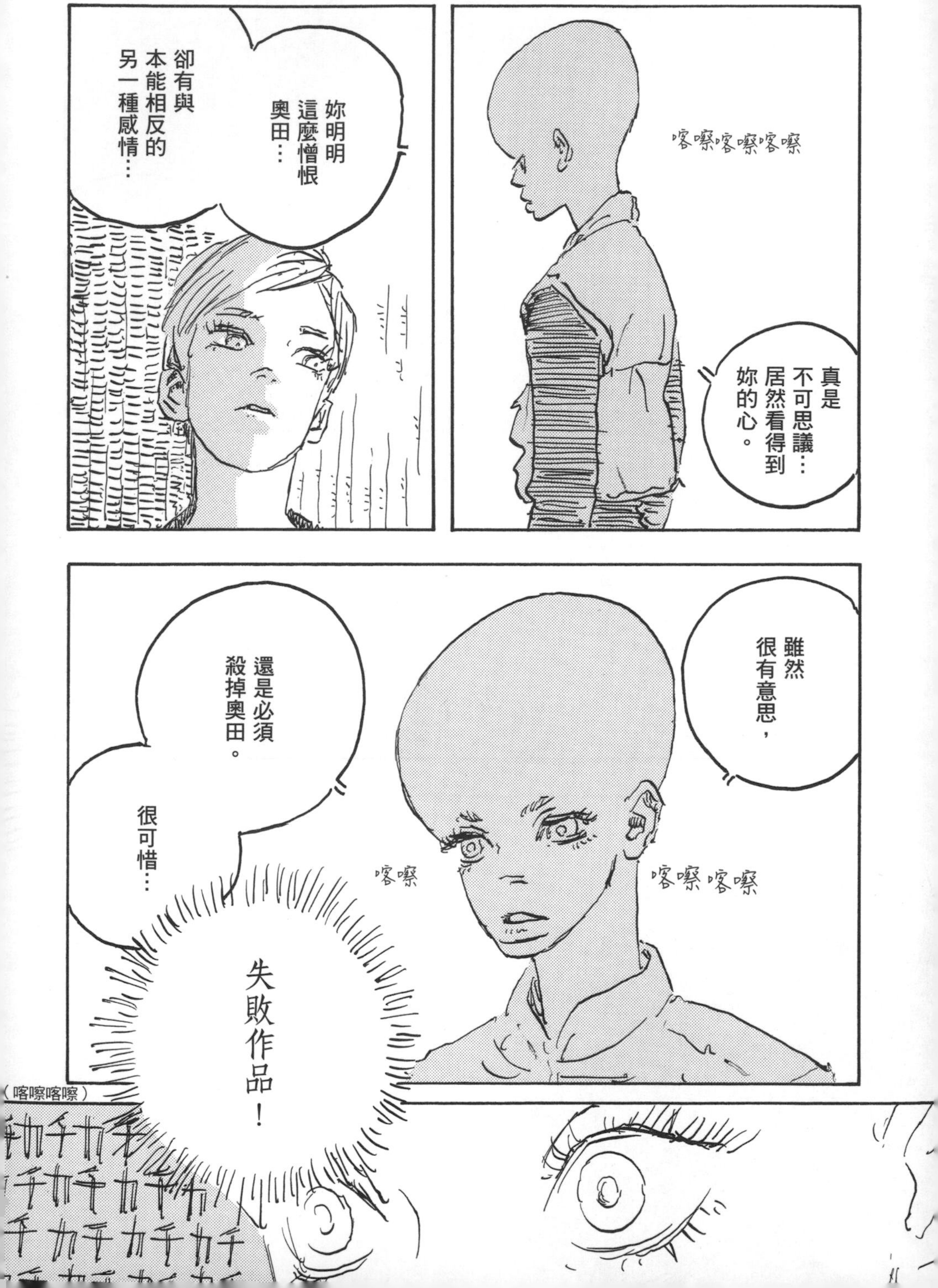

喀嚓喀嚓喀嚓
真是不可思議…居然看得到妳的心。
妳明明這麼憎恨奧田…
卻有與本能相反的另一種感情…
雖然很有意思，
還是必須殺掉奧田。
很可惜…
喀嚓喀嚓
喀嚓
失敗作品！
（喀嚓喀嚓）

是怎樣!?
居然不聽我的。
實在太失敗了。
カチカチカチカチカチ
（喀嚓喀嚓喀嚓）
這群傢伙，
當初要是沒做出你們就好了。
カチカチカチカチ
才是必須殺掉的。
必須殺掉。

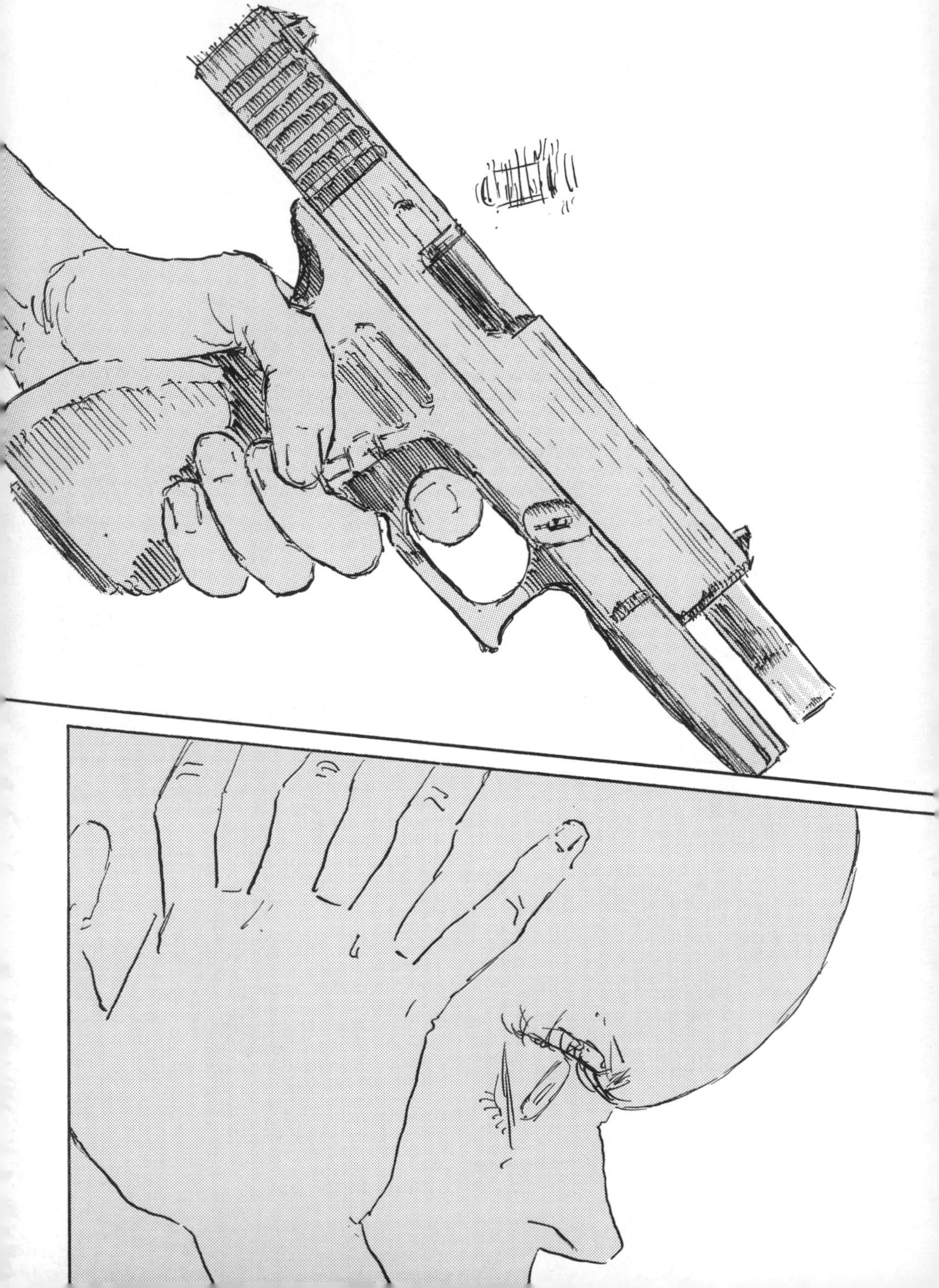

……因為，
當我偷看
奧田內心裡那
無窮無盡的黑暗。
壓倒性的絕望
不斷侵蝕著我。
那彷彿
結凍的感覺，
是極限的，
快樂。

砰

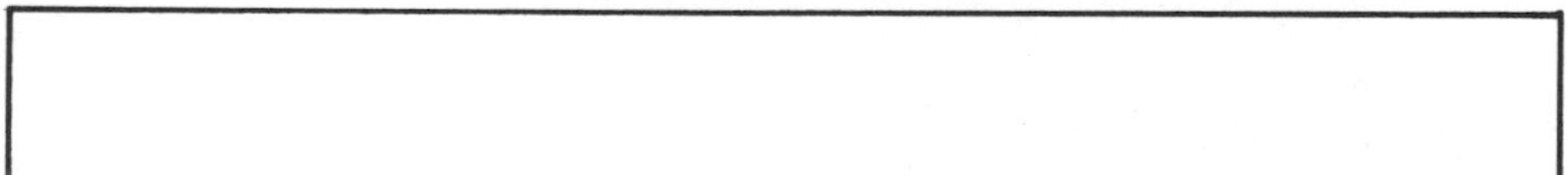

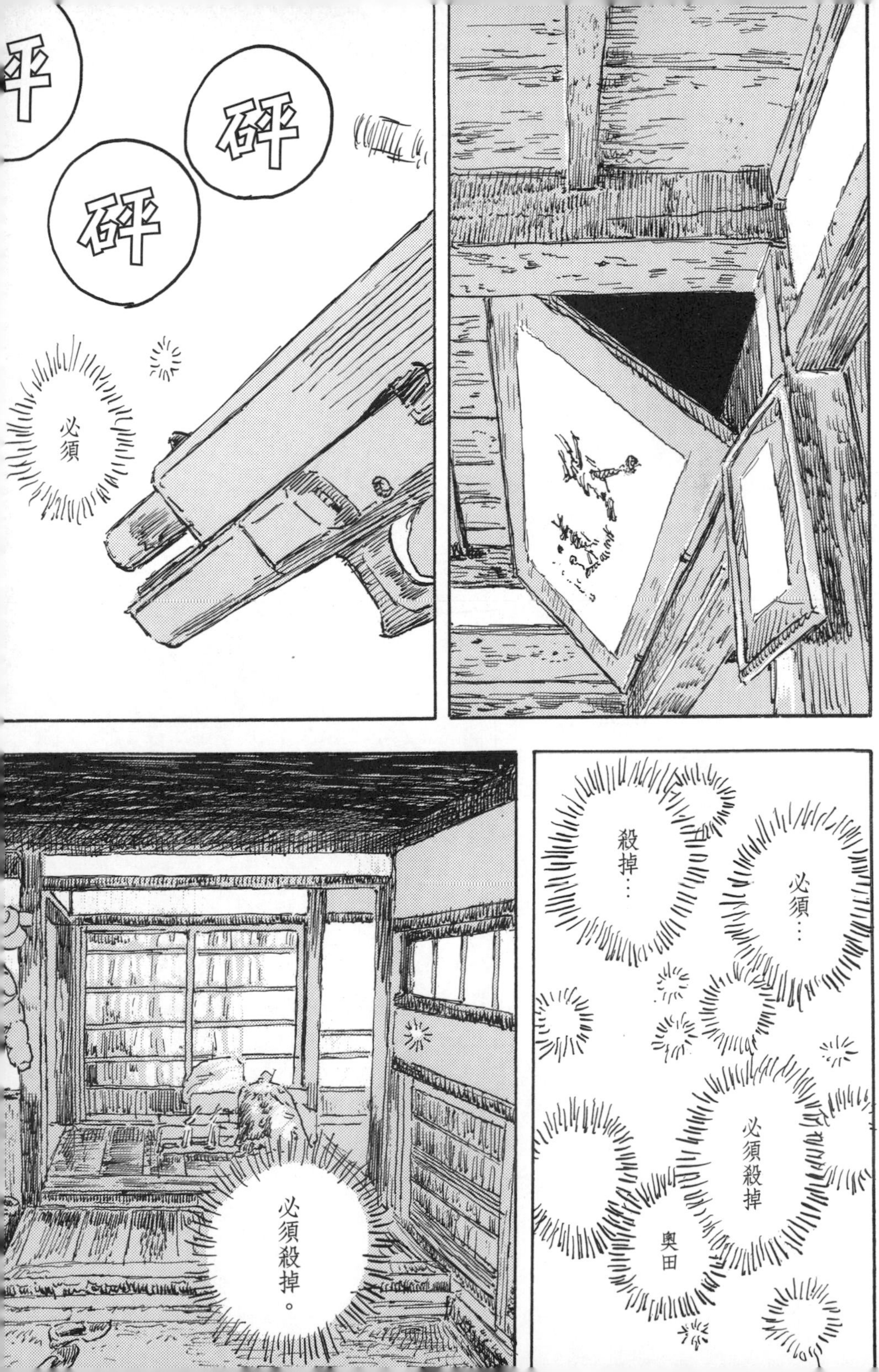
砰
砰
砰
必須
必須…
殺掉…
必須殺掉
奧田
必須殺掉。

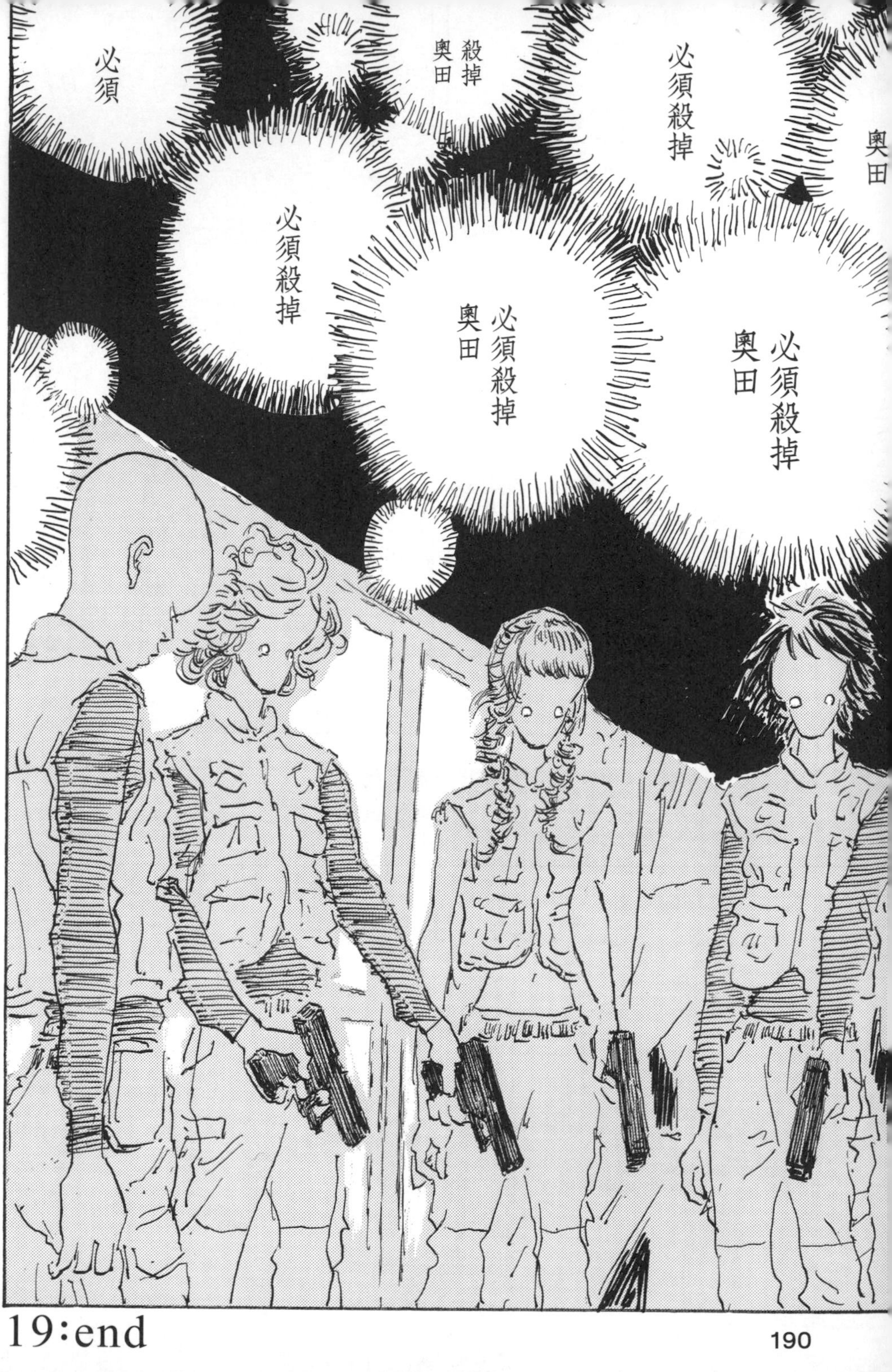

19:end

20. 捉迷藏結束了（前篇）

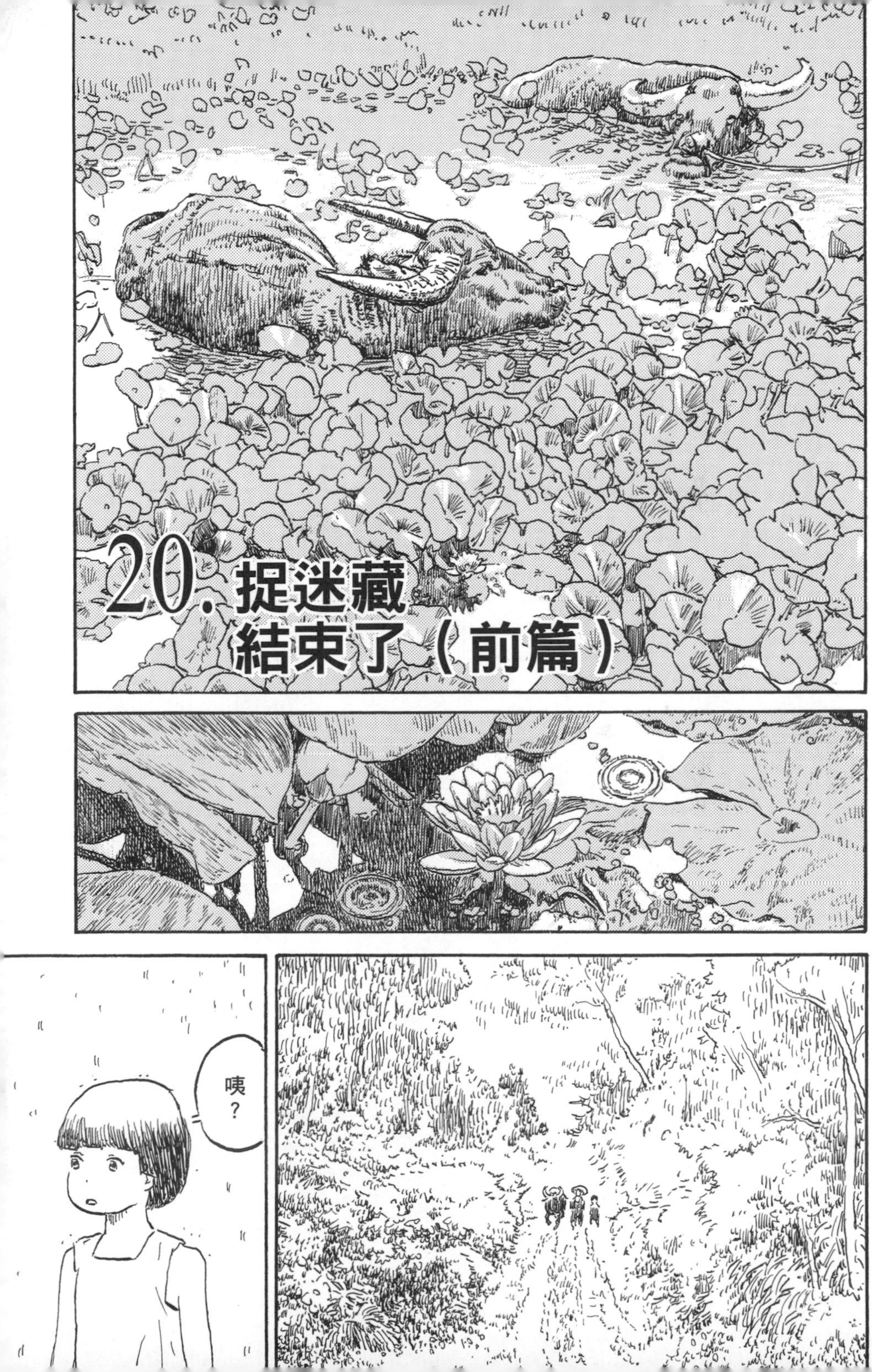

這台，是水牛車吧？
……
沒有人耶，也沒有牛。
是不是跑去別的地方了？
……
我們該回去啦！
欸，可是…
快點……！

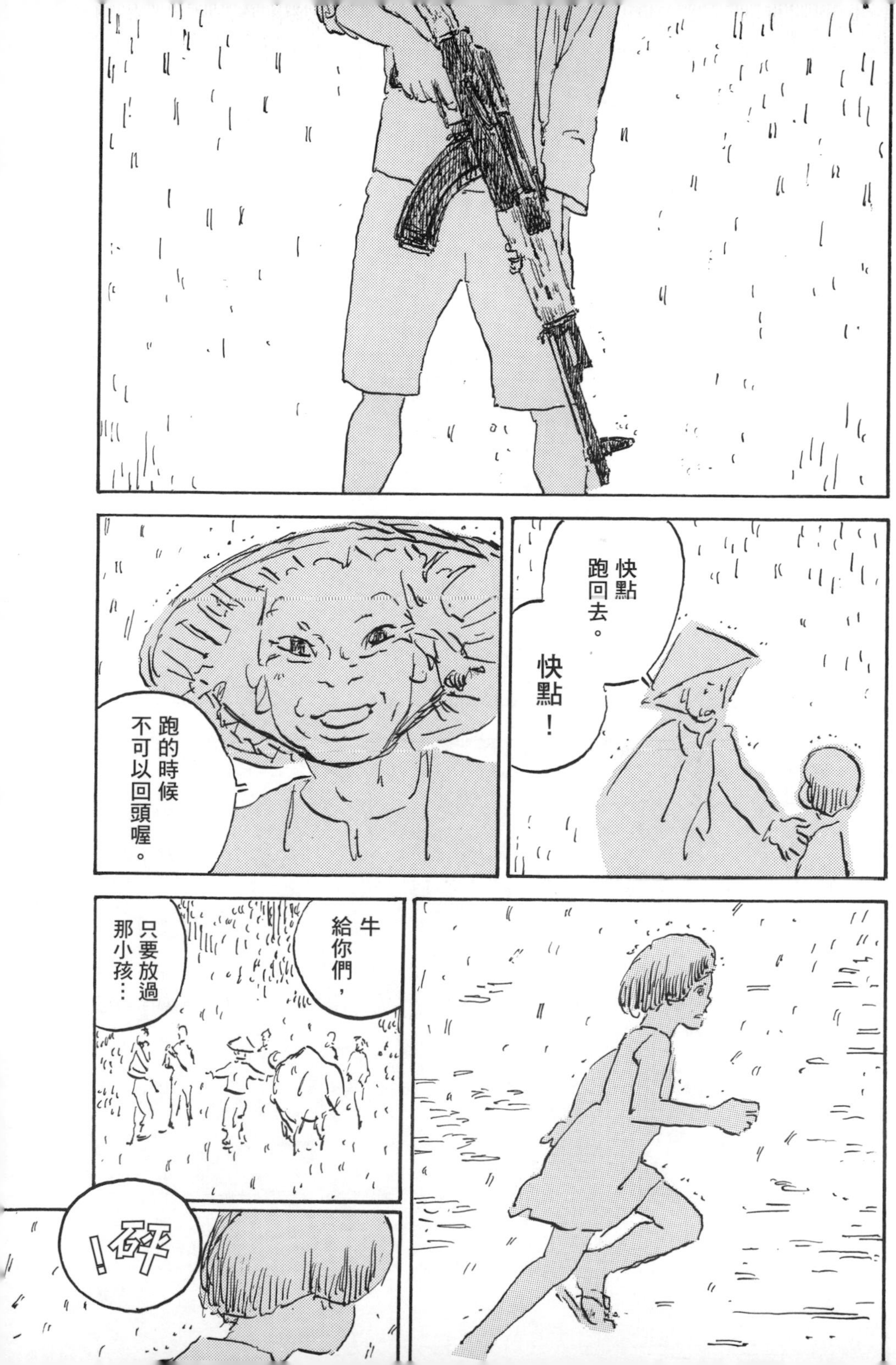
快點跑回去。
快點！
跑的時候不可以回頭喔。
牛給你們，
只要放過那小孩…
砰！

奶奶雖然努力讓我逃走，最後我還是被武裝組織抓了。
我就跟著同樣被抓的小孩，一起接受了要讓我們成為優秀士兵的儀式。

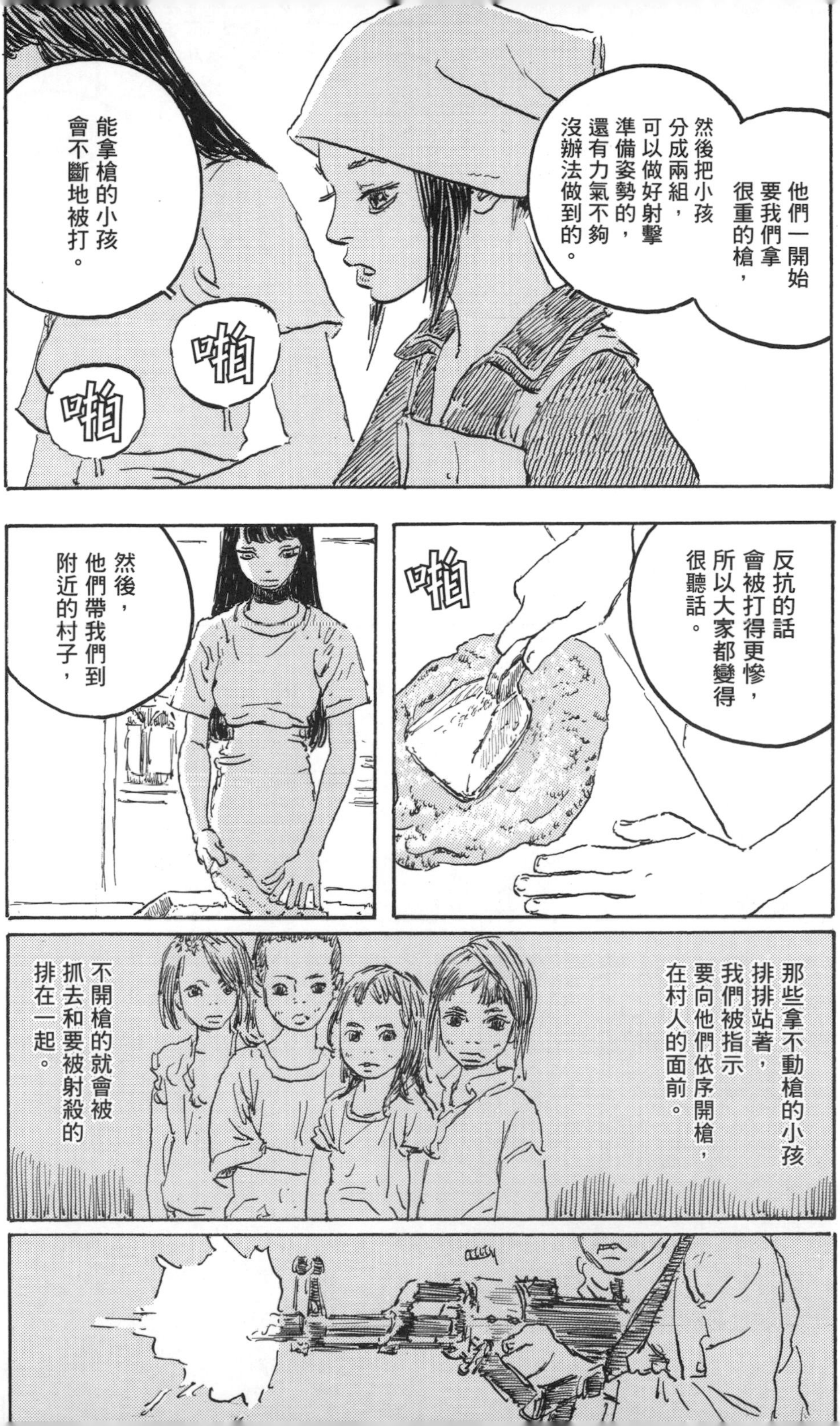
他們一開始要我們拿很重的槍，然後把小孩分成兩組，可以做好射擊準備姿勢的，還有力氣不夠沒辦法做到的。
能拿槍的小孩會不斷地被打。
啪
啪
反抗的話會被打得更慘，所以大家都變得很聽話。
啪
然後，他們帶我們到附近的村子，
那些拿不動槍的小孩排排站著，我們被指示要向他們依序開槍，在村人的面前。
不開槍的就會被抓去和要被射殺的排在一起。

我們再也不能回村子了。
過去的我，已經和那些孩子們一起死去了。
我們有了新的名字，重生成優秀的士兵。
我變成了「舔食四散腦漿的孩子」。
我的世界全部都變了。
花、昆蟲、天空——那個被很多東西、很多顏色包圍的世界。
變成了只有「同夥」和「敵人」，沒有任何顏色的世界。

那個世界裡，「舔食四散腦漿的孩子」收到比任何人都多的讚美，是個不會輸給大人的優秀士兵。
有一次，同夥出了差錯，
我被「敵人」給「救了出來」。
ジャワアア
（唰沙沙沙）
「舔食四散腦漿的孩子」也受到敵人的讚美，
來到了這裡，穿著隨時都能脫掉，稱為「潔絲敏」的外衣。
可是，

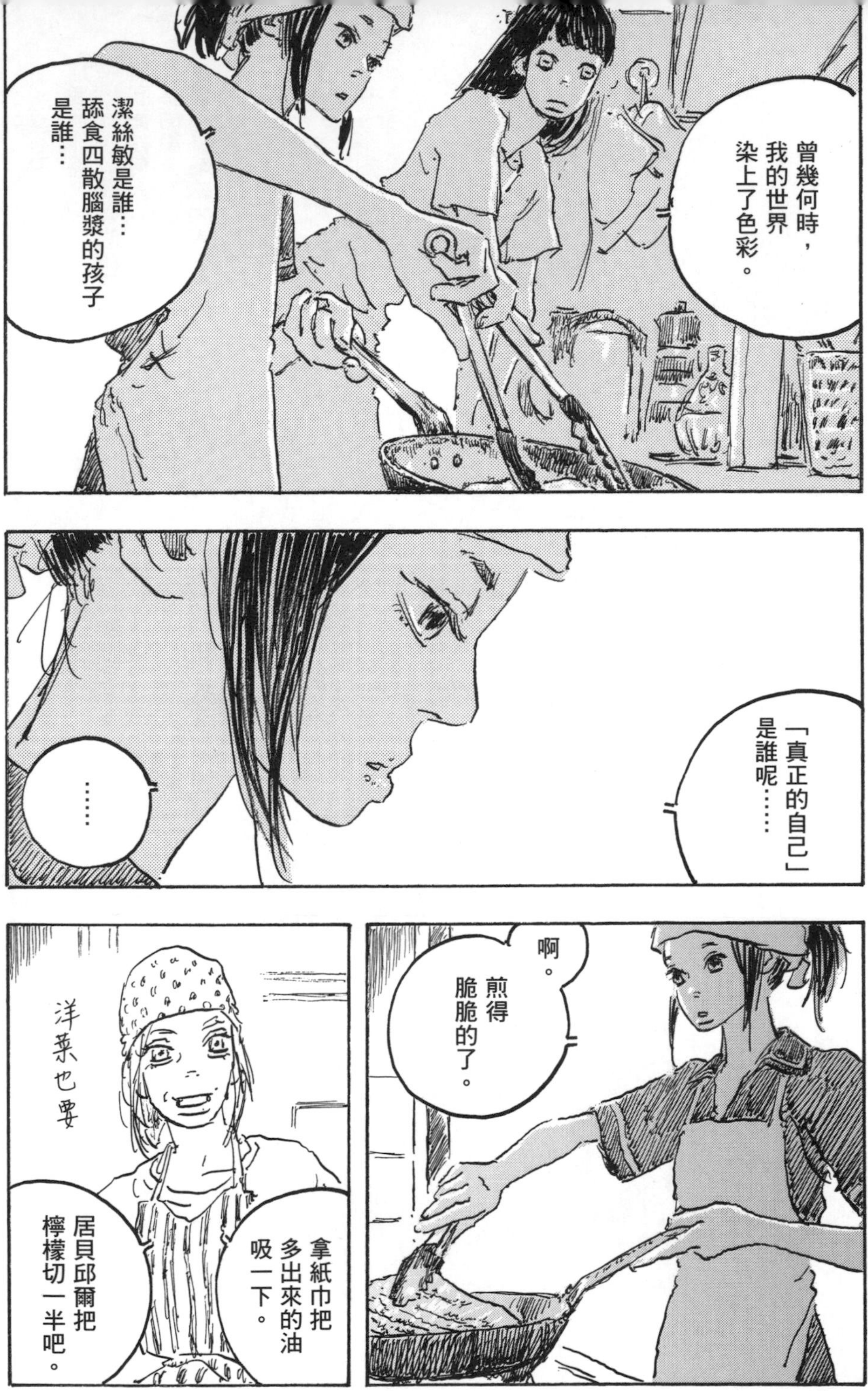
曾幾何時，我的世界染上了色彩。
潔絲敏是誰…舔食四散腦漿的孩子是誰…
「真正的自己」是誰呢……
……
啊。煎得脆脆的了。
拿紙巾把多出來的油吸一下。
居貝邱爾把檸檬切一半吧。
洋菜也要

Cotoletta alla Milanese
（米蘭風炸豬排）
很簡單吧。
你們兩個都把烹調順序記好了吧。
趁麵衣還脆脆的試吃看看。
好…
咦。
食物處理器
咦。
咦？
ガガーーッ
（嘎嘎──）
不這樣處理的話我沒辦法吃。

是沒錯，可是…
咦。
好吃。
哎呀呀
潔絲敏呀。
沒有什麼「躲在某個地方的真正的自己」唷。
當下的自己一直都是真正的自己。
好吃。
有著各種面貌，
會在不同的時候展現不同樣子，
那全部都是自己。
我是這麼認為啦。

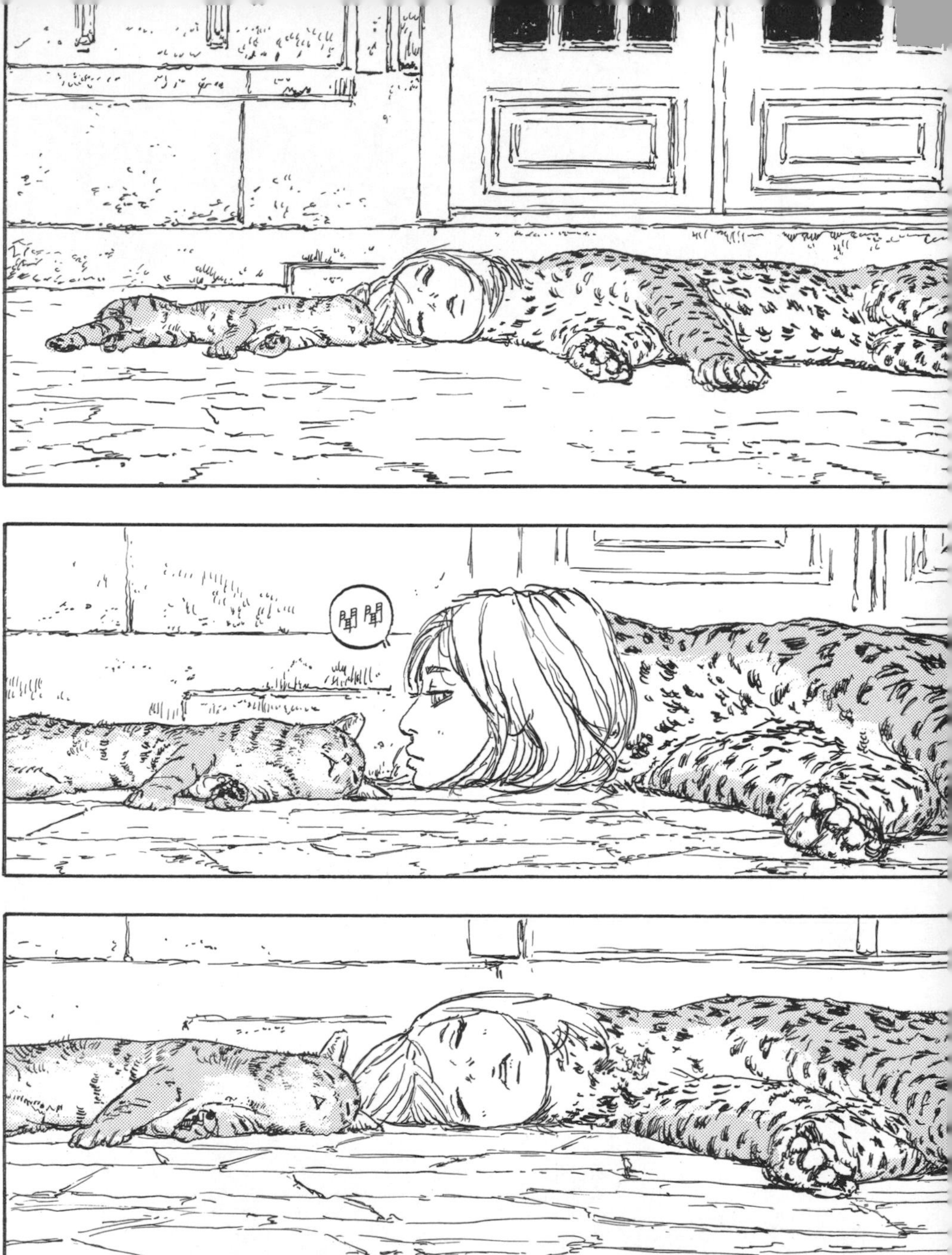
聞聞

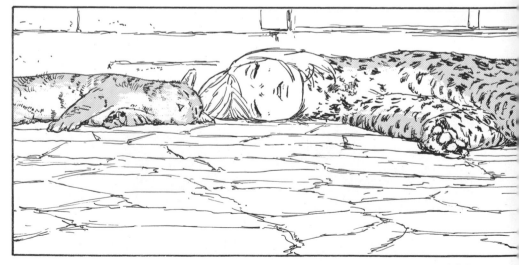

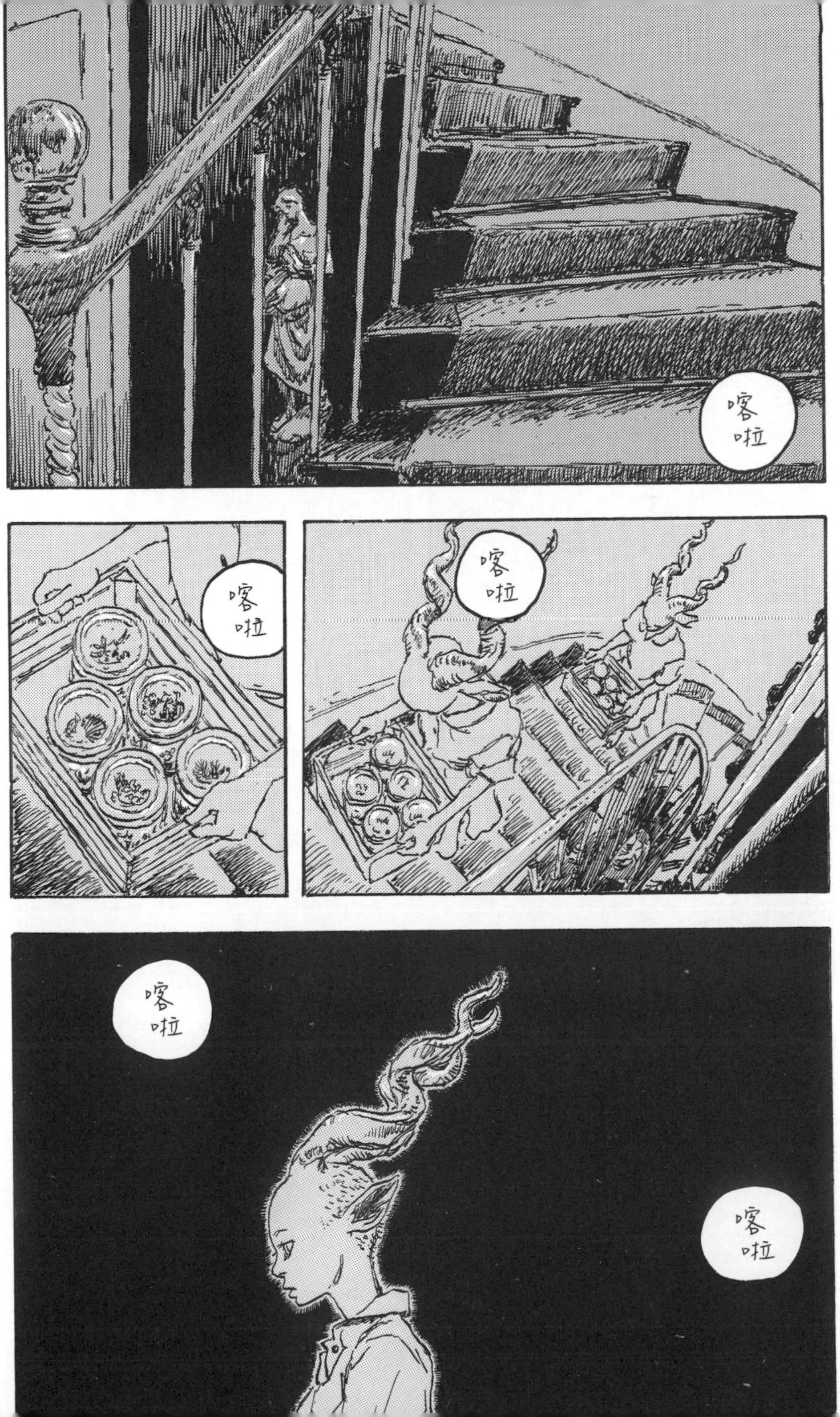
喀啦
喀啦
喀啦
喀啦
喀啦

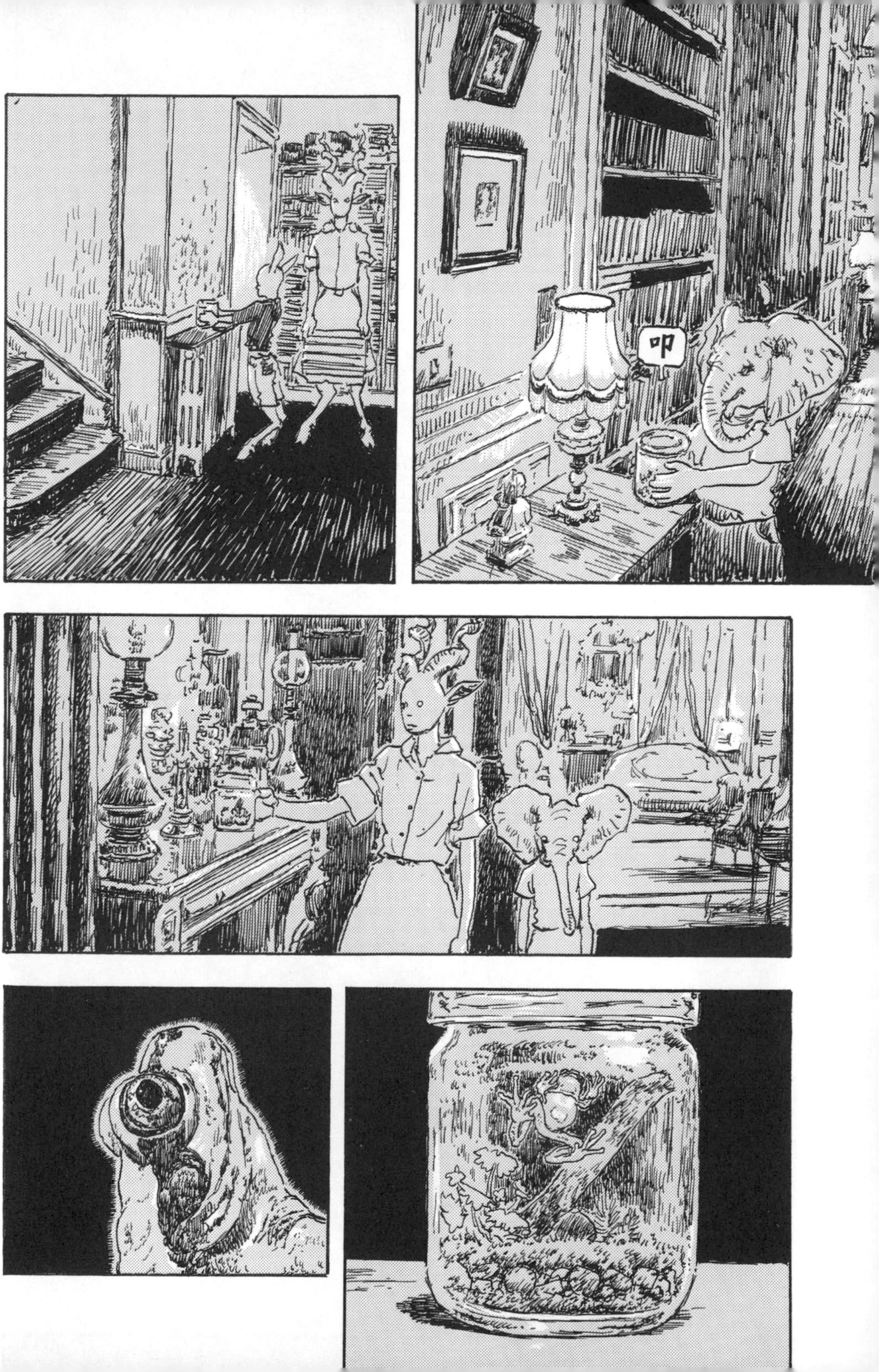
叩

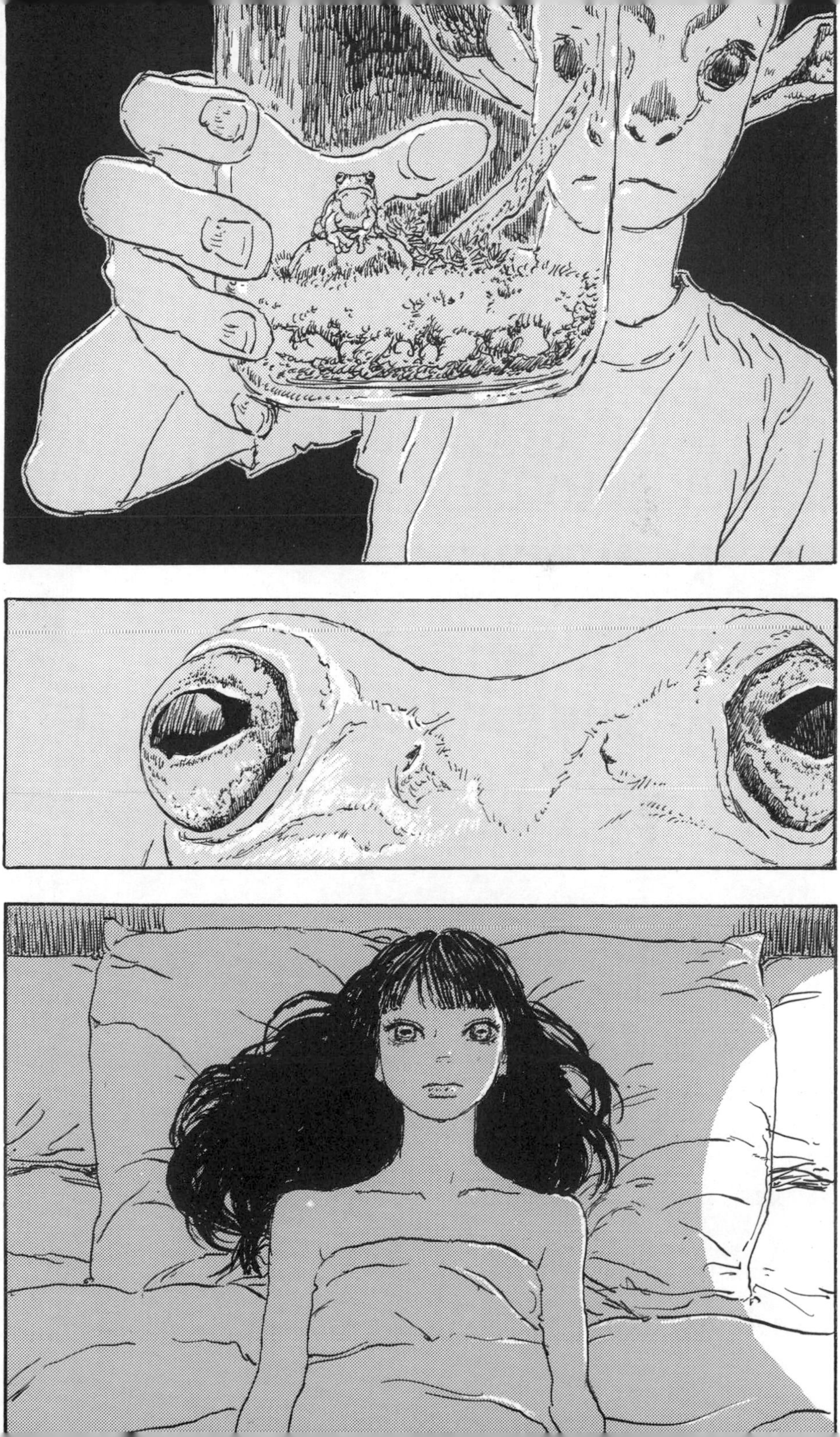

這個房間
也變得很
熱鬧了呢。

妳身邊
都是
死去的人。

妳跟我們變得愈來愈靠近了。
呱
Tiepolo

Delta D班沒有異狀。
沒有異狀。
Echo E班沒有異狀。
沒有異狀。
沒有異狀。
沒有胰臟？
友誼？
海豚
會來嗎？

跟妳真搭呢。

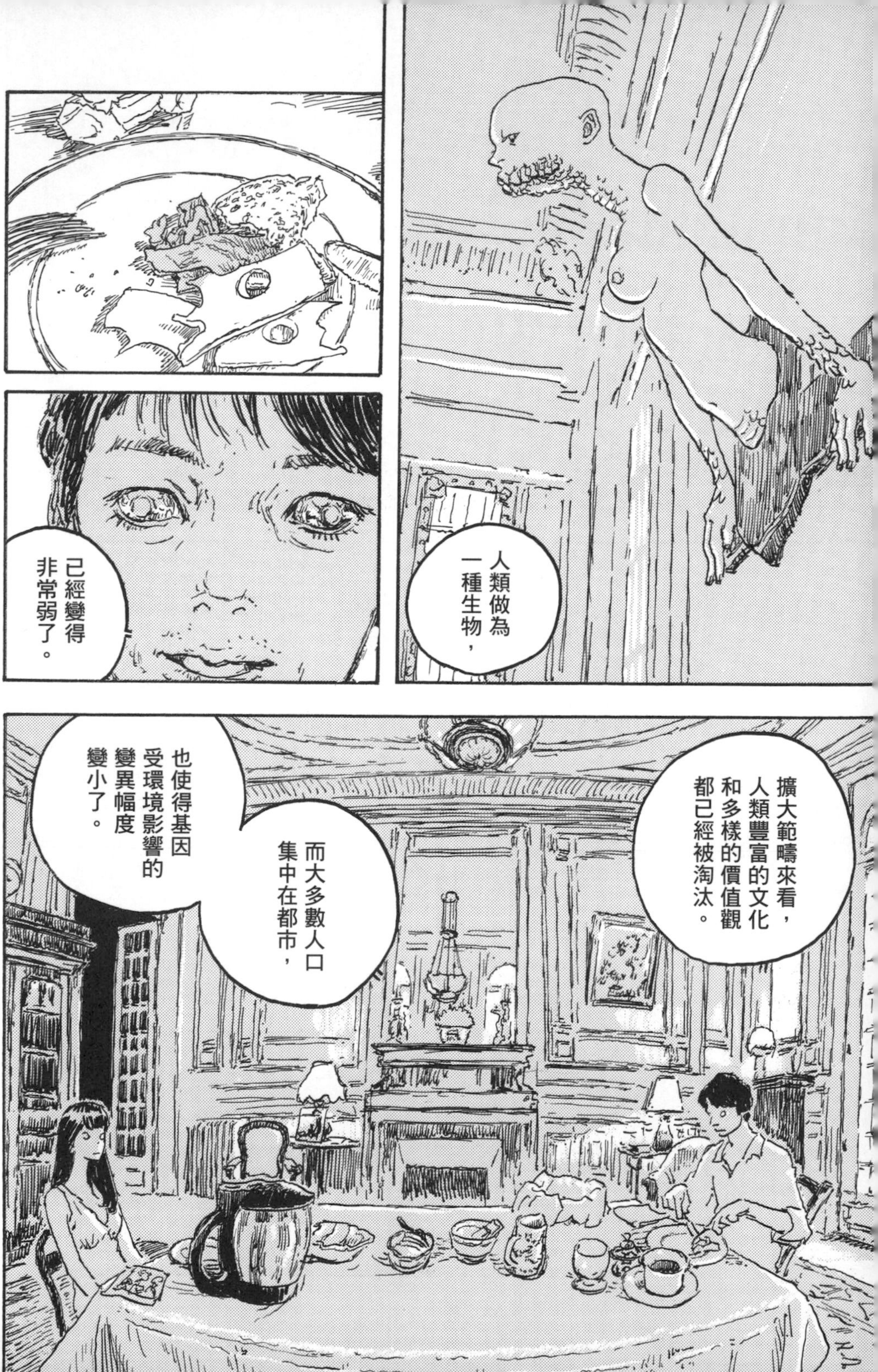
人類做為一種生物，
已經變得非常弱了。
擴大範疇來看，人類豐富的文化和多樣的價值觀都已經被淘汰。
而大多數人口集中在都市，
也使得基因受環境影響的變異幅度變小了。

最重要的是，都市是種系統，讓居民不必看見不利於自己的東西。
掩蓋了自己每天生產的巨量廢棄物和污染物，漸漸連戰爭或死亡都意識不到。
本來，
生物必須瞭解對自己不利的資訊才能存活。
可是，人類透過過度改造棲息地，獲得了自我保護的能力，
對那些不利於自己的資訊視而不見，當作沒事就過去了。
人啊，自我剝奪了能夠自保的感官知覺。

這種對
感官知覺的剝奪，
會讓人產生
混亂和幻覺，
使智商產生
顯著的降低。
對失去的
外部環境刺激
強烈渴望。
因此對於
他人給予的資訊，
接受程度
變得相當驚人。
這個啊，

正是洗腦的機制。
現代的都市生活，根本就是種洗腦裝置。
人類，正自己洗腦著自己，
一步步成為依賴著系統生存的家畜。

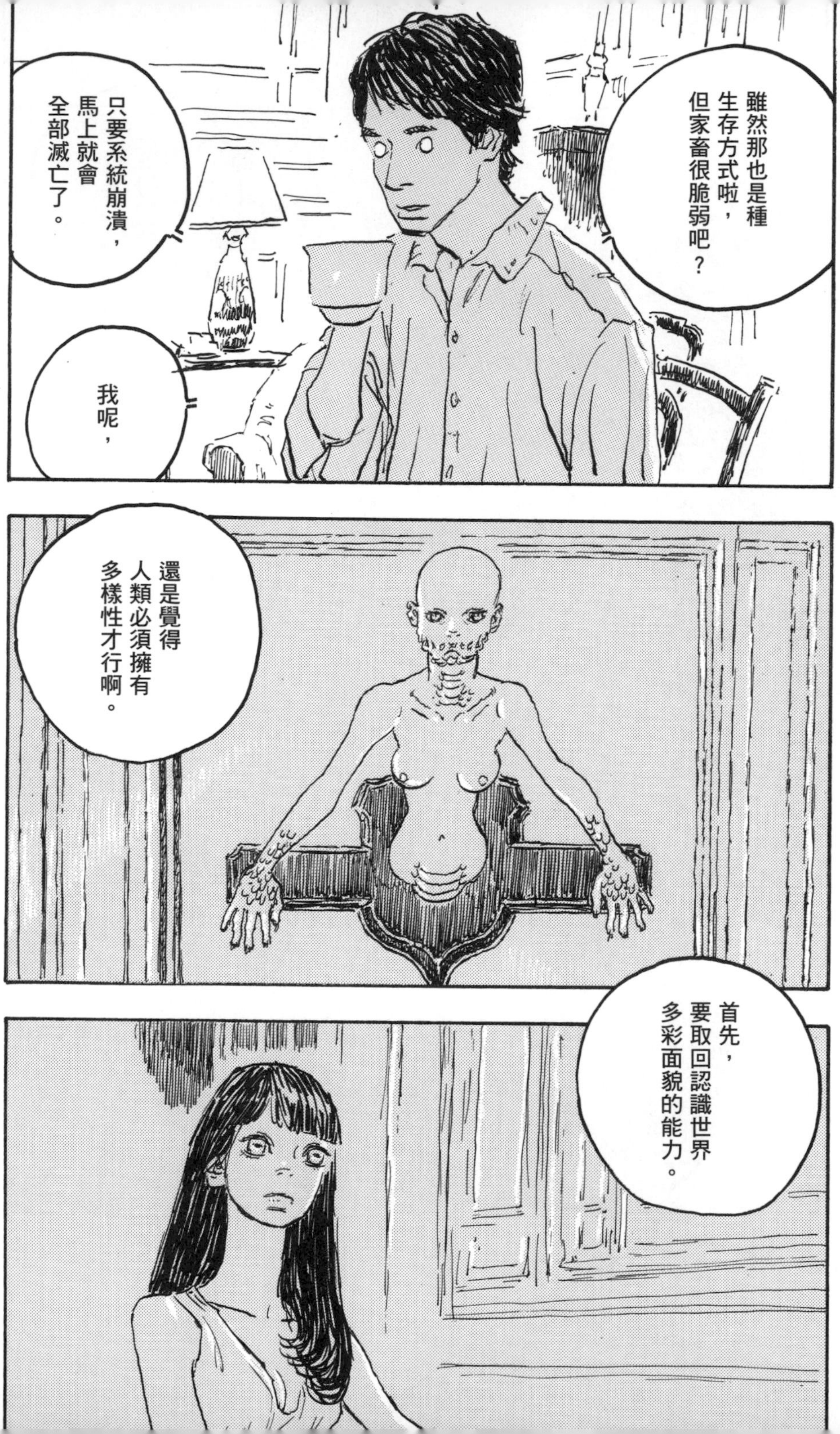
雖然那也是種生存方式啦，但家畜很脆弱吧？
只要系統崩潰，馬上就會全部滅亡了。
我呢，
還是覺得人類必須擁有多樣性才行啊。
首先，要取回認識世界多彩面貌的能力。

這是為了人類啊。
妳也是這麼想的吧？

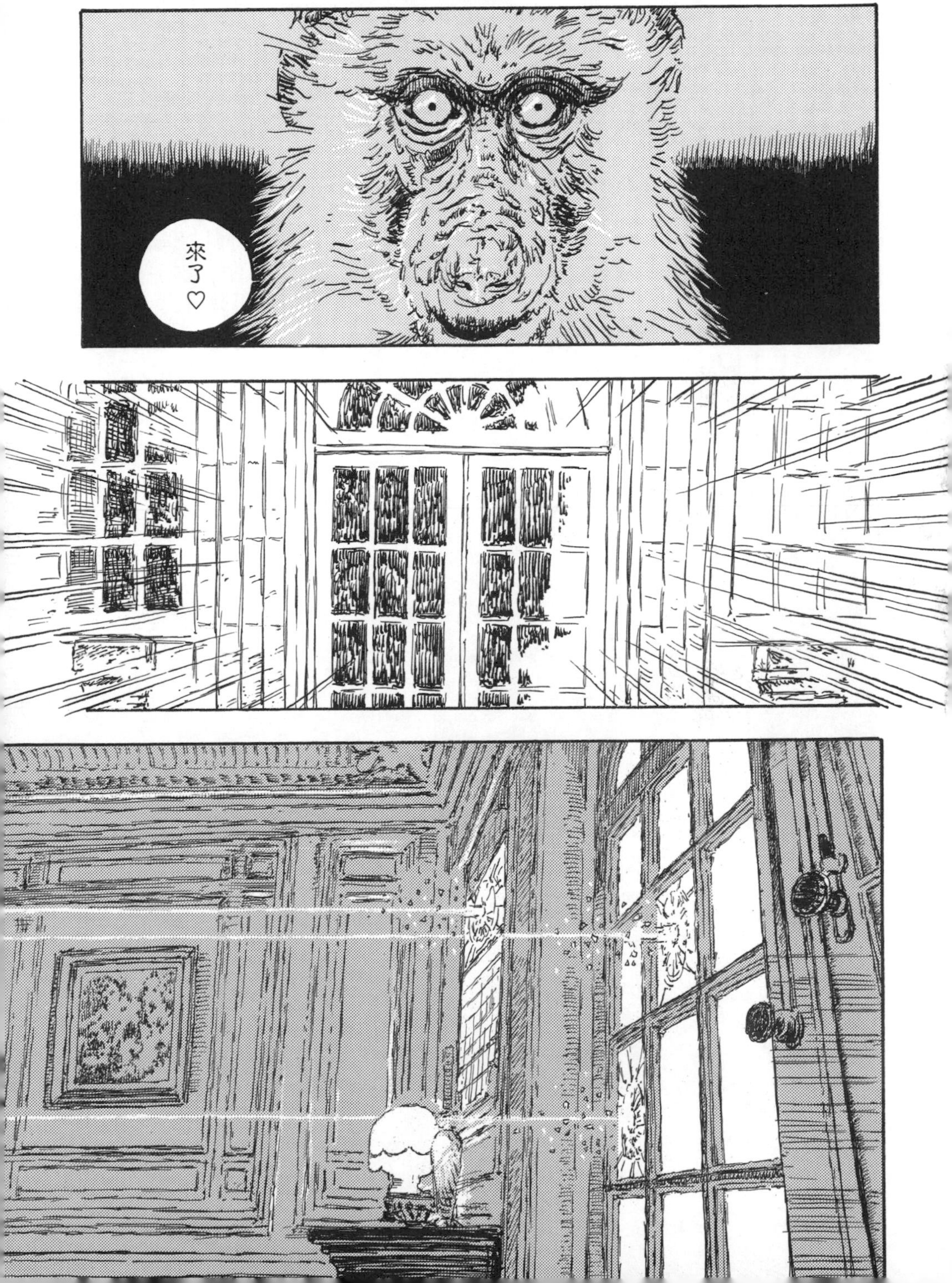
來了♡

鏗
唧

designs
④
END

ISBN 978-986-235-866-5

售價：280 元

本書如有缺頁、破損、倒裝，請寄回更換

PaperFilm FC2057

Designs 4

2020 年 10 月　一版一刷

作　　者／五十嵐大介
譯　　者／謝仲庭
責任編輯／謝至平
行銷企劃／陳彩玉、楊凱雯、陳紫晴
中文版裝幀設計／馮議徹
排　　版／傅婉琪
編輯總監／劉麗真
總 經 理／陳逸瑛
發 行 人／涂玉雲
出　　版／臉譜出版
城邦文化事業股份有限公司
台北市民生東路二段141號5樓
電話：886-2-25007696　傳真：886-2-25001952
發　　行／英屬蓋曼群島商家庭傳媒股份有限公司城邦分公司
台北市中山區民生東路二段141號11樓
客服專線：02-25007718；25007719
24小時傳真專線：02-25001990；25001991
服務時間：週一至週五上午09:30-12:00；下午13:30-17:00
劃撥帳號：19863813　戶名：書虫股份有限公司
讀者服務信箱：service@readingclub.com.tw
城邦網址：http://www.cite.com.tw
香港發行所／城邦（香港）出版集團有限公司
香港灣仔駱克道193號東超商業中心1樓
電話：852-25086231　傳真：852-25789337
新馬發行所／城邦（新、馬）出版集團
Cite（M）Sdn. Bhd.（458372U）
41-3, Jalan Radin Anum, Bandar Baru Sri Petaling,
57000 Kuala Lumpur, Malaysia.
電話：603-90563833　傳真：603-90576622
電子信箱：services@cite.my

作者／五十嵐大介

日本指標性大獎「文化廳媒體藝術祭漫畫部門優秀賞」二度得主。1969年於埼玉縣熊谷市出生，現居神奈川縣鎌倉市。多摩美術大學美術學系繪畫科畢業。1993年獲得月刊《Afternoon》冬季四季大賞後於同月刊出道。1996年起停止發表新作，移居東北開始一邊作畫一邊務農的自給自足生活，而後於2002年以《小森食光》一作重啟連載。他以高超的作畫能力及對大自然纖細的描寫著稱。2004年及2009年分別以《魔女》及《海獸之子》兩度獲得日本文化廳媒體藝術祭漫畫部門優秀賞。臉譜已出版作品另有《南瓜與我的野放生活》、《小森食光》（1、2）、《凌空之魂：五十嵐大介作品集》、《環世界：五十嵐大介作品集》。

譯者／謝仲庭

音樂工作者、吉他教師、翻譯。熱愛音樂、書本、堆砌文字及轉化語言。譯有《悠悠哉哉》、《攻殼機動隊1.5》、《寶石之國》系列 等。